PENÍZE OD HITLERA

希特勒金钱

Radka Denemarková

[捷克] 拉德卡·德内玛尔科娃 / 著

姜蔚茜 / 译

南方出版传媒
花城出版社
中国·广州

图书在版编目（CIP）数据

希特勒金钱 /（捷克）拉德卡·德内玛尔科娃著；姜蔚茜译. -- 广州：花城出版社，2019.5
（蓝色东欧 / 高兴主编. 第6辑）
ISBN 978-7-5360-8896-2

Ⅰ. ①希… Ⅱ. ①拉… ②姜… Ⅲ. ①长篇小说－捷克－现代 Ⅳ. ①I524.45

中国版本图书馆CIP数据核字(2019)第077576号

合同版权登记号:图字19-2017-054号
PENÍZE OD HITLERA by Radka Denemarková
Copyright © Radka Denemarková,2006
Published by HOST·BRNO,2009

出 版 人：肖延兵
丛书策划：朱燕玲　孙虹
出版统筹：李倩倩　夏显夫　欧阳佳子
责任编辑：凌春梅
技术编辑：薛伟民
封面供图：子夏
装帧设计：棱角视觉 ANGULAR VISION

书　　　名	希特勒金钱 XITELE JINQIAN
出版发行	花城出版社（广州市环市东路水荫路11号）
经　　销	全国新华书店
印　　刷	恒美印务（广州）有限公司（广州南沙经济技术开发区环市大道南路334号）
开　　本	880毫米×1230毫米　32开
印　　张	7.75　2插页
字　　数	160,000字
版　　次	2019年5月第1版　2019年5月第1次印刷
定　　价	49.00元

本书中文专有出版权归花城出版社独家所有，非经本社同意不得连载、摘编或复制。
如发现印装质量问题，请直接与印刷厂联系调换。
购书热线：020-37604658　37602954
欢迎登陆花城出版社网站：http://www.fcph.com.cn

希特勒金钱

谨以此书献给：

小扬·德内玛尔科，从不惧于直视太阳的你。
弗拉迪米尔·伍尔夫，从不惧于直视太阳的你。

我们不就是这么看待自己品行的吗：这样一个我，能否得到上帝的宽恕？（格雷厄姆·格林）

人类一思考，上帝就发笑。（犹太谚语）

如有雷同，绝非巧合。
所有这些故事为何会发生，我一直无法理解。

目 录
CONTENTS

记忆，阅读，另一种目光（总序）/ 高兴 / 1
不可追回，不可逃避——历史语境之下的荒诞悲剧（中译本前言）/
姜蔚茜 / 1

楔 子 / 1
第一次归来 （一九四五年夏） / 7
第二次归来 （二〇〇五年夏） / 68
第三次归来 （二〇〇五年夏） / 127
第四次归来 （二〇〇五年夏末） / 167
第五次归来 （二〇〇五年夏末） / 197
第六次归来 （二〇〇五年秋） / 214

记忆，阅读，另一种目光

（总序）

高兴

昆德拉说过："人的一生注定扎根于前十年中。"我想稍稍修改一下他的说法："人的一生注定扎根于童年和少年中。"童年和少年确定内心的基调，影响一生的基本走向。

不得不承认，二十世纪五六十年代出生的人都有着不同程度的俄罗斯情结和东欧情结。这与我们的成长有关，与我们的童年、少年和青春岁月有关。而那段岁月中，电影，尤其是露天电影又有着怎样重要的影响。那时，少有的几部外国电影便是最最好看的电影，它们大多来自东欧国家，几乎吸引了所有人的目光，是我们童年的节日。在某种意义上，甚至可以说，它们还是我们的艺术启蒙和人生启蒙，构成童年最温馨、最美好和最结实的部分。

还有电影中的台词和暗号。你怎能忘记那些台词和暗号。它们已成为我们青春的经典。最最难忘的是《瓦尔特保卫萨拉热窝》。"'空气在颤抖,仿佛天空在燃烧。''是啊,暴风雨来了。'""看,这座城市,它就是瓦尔特。"简直就是诗歌。是我们接触到的最初的诗歌。那么悲壮有力的诗歌。真正有震撼力的诗歌。诗歌,就这样和英雄主义和浪漫主义,紧紧地连接在了一道。

还有那些柔情的诗歌。裴多菲,爱明内斯库,密茨凯维奇。要知道,在二十世纪七八十年代,读到他们的诗句,绝对会有触电般的感觉。而所有这一切,似乎就浓缩成了几粒种子,在内心深处生根,发芽,成长为东欧情结之树。

然而,时过境迁,我们需要重新打量"东欧"以及"东欧文学"这一概念。严格来说,"东欧"是个政治概念,也是个历史概念。过去,它主要指波兰、捷克斯洛伐克、匈牙利、罗马尼亚、保加利亚、南斯拉夫、阿尔巴尼亚七个国家。因此,在当时,"东欧文学"也就是指上述七个国家的文学。这七个国家,加上原先的东德,都曾经是以苏联为首的华沙条约组织的成员。

一九八九年底,东欧发生剧变。此后,苏联解体,华沙条约组织解散,捷克和斯洛伐克分离,南斯拉夫各共和国相继独立,所有这些都在不断改变着"东欧"这一概念。而实际情况是,波兰、捷克、匈牙利、罗马尼亚等国家甚至都不再愿意被称为东欧国家,它们更愿意被称为中欧或中南欧国家。同样,不少上述国家的作家也竭力抵制和否定这一概念。在他们看来,东欧是个高度政治化、笼统化的概念,对文学定位和评判,不太有利。这是一种微妙的姿态。在这种姿态中,民族自尊心也发挥着不可估量的作用。

但在中国,"东欧"和"东欧文学"这一概念早已深入人心,有广泛的群众和读者基础,有一定的号召力和亲和力。因此,继续使用"东欧"和"东欧文学"这一概念,我觉得无可厚非,有利于研究、译介和推广这些特定国家的文学作品。事实上,欧美一些大学、研究中心也还在继续使用这一概念。只不过，今日，当我们提到这一概念，涉及的就不仅仅是七个国家，而应该包含更多的国家：立陶宛、摩尔多瓦等独联体国家，还有波黑、克罗地亚、斯洛文尼亚、塞尔维亚、黑山等从南斯拉夫联盟独立出来的国家。我们之所以还能把它们作为一个整体来谈论，是因为它们有着太多的共同点：都是欧洲弱小国家，历史上都曾不断遭受侵略、瓜分、吞并和异族统治，都曾把民族复兴当作最高目标，都是到了十九世纪末二十世纪初才相继获得独立，或得到统一，第二次世界大战后都走过一段相同或相似的社会主义道路，一九八九年后又相继走上了资本主义发展道路。之后，又几乎都把加入北约、进入欧盟当作国家政策的重中之重。这二十年来，发展得都不太顺当，作家和文学都陷入不同程度的困境。用饱经风雨、饱经磨难来形容这些国家，十分恰当。

换一个角度，侵略，瓜分，异族统治，动荡，迁徙，这一切同时也意味着方方面面的影响和交融。甚至可以说，影响和交融，是东欧文化和文学的两个关键词。看一看布拉格吧。生长在布拉格的捷克著名小说家伊凡·克里玛，在谈到自己的城市时，有一种掩饰不住的骄傲："这是一个神秘的和令人兴奋的城市，有着数十年甚至几个世纪生活在一起的三种文化优异的和富有刺激性的混合，从而创造了一种激发人们创造的空气，即捷克、德国和犹太文化。"①

克里玛又借用被他称作"说德语的布拉格人"乌兹迪尔的笔为我们描绘了一个形象的、感性的、有声有色的布拉格。这是一个具有超民族性的神秘的世界。在这里，你很容易成为一个世界主义者。这里有幽静的小巷、热闹的夜总会、露天舞台、剧院和形形色色的小餐馆、小店铺、小咖啡屋和小酒店。还有无数学生社团和文艺沙龙。自然也有五花八门的妓院和赌场。布拉格是敞开的，是包容的，是休闲的，是艺术的，是世俗的，有时还是颓废的。

---

① 见伊凡·克里玛《布拉格精神》第44页，崔卫平译，作家出版社1998年版。

布拉格也是一个有着无数伤口的城市。战争、暴力、流亡、占领、起义、颠覆、出卖和解放充满了这个城市的历史。饱经磨难和沧桑，却依然存在，且魅力不减，用克里玛的话说，那是因为它非常结实，有罕见的从灾难中重新恢复的能力，有不屈不挠同时又灵活善变的精神。如果要用一个词来形容布拉格的话，克里玛觉得就是：悖谬。悖谬是布拉格的精神。

或许悖谬恰恰是艺术的福音，是艺术的全部深刻所在。要不然从这里怎会走出如此众多的杰出人物：德沃夏克，雅那切克，斯美塔那，哈谢克，卡夫卡，布洛德，里尔克，塞弗尔特，等等。这一大串的名字就足以让我们对这座中欧古城表示敬意。

布拉格如此，萨拉热窝、华沙、布加勒斯特、克拉科夫、布达佩斯等众多东欧城市，均如此。走进这些城市，你都会看到一道道影响和交融的影子。

在影响和交融中，确立并发出自己的声音，十分重要。不少东欧作家为此做出了开拓性和创造性的贡献。我们不妨将哈谢克和贡布罗维奇当作两个案例，稍加分析。

说到捷克作家哈谢克，我们会想起他的代表作《好兵帅克》。以往，谈论这部作品，人们往往仅仅停留于政治性评价。这不够全面，也容易流于庸俗。《好兵帅克》几乎没有什么中心情节，有的只是一堆零碎的琐事，有的只是帅克闹出的一个又一个的乱子，有的只是幽默和讽刺。可以说，幽默和讽刺是哈谢克的基本语调。正是在幽默和讽刺中，战争变成了一个喜剧大舞台，帅克变成了一个喜剧大明星，一个典型的"反英雄"。看得出，哈谢克在写帅克的时候，并没有考虑什么文学的严肃性。很大程度上，他恰恰要打破文学的严肃性和神圣感。他就想让大家哈哈一笑。至于笑过之后的感悟，那就是读者自己的事情了。这种轻松的姿态反而让他彻底放开了。借用帅克这一人物，哈谢克把皇帝、奥匈帝国、密探、将军、走狗等等统统给骂了。他骂得很过瘾，很解气，很痛快。读者，尤其是捷克读者，读得也很过瘾，很解气，很痛快。幽默和讽刺于是又变成了一件有力的武器，特别适用于捷克这么一个弱小的民族。哈谢克最大的贡献也正在于此：为捷克民族和捷克文学找到了一种声音，确立了一种传统。

而波兰作家贡布罗维奇与哈谢克不同，恰恰是以反传统而引起世人瞩目的。他坚决主张让文学独立自主。在二十世纪三四十年代，贡布罗维奇的作品在波兰文坛显得格外怪异离谱，他的文字往往夸张扭曲，人物常常是漫画式的，他们随时都受到外界的侵扰和威胁，内心充满了不安和恐惧，像一群长不大的孩子。作家并不依靠完整的故事情节，而是主要通过人物荒诞怪僻的行为，表现社会的混乱、荒谬和丑恶，表现外部世界对人性的影响和摧残，表现人类的无奈和异化以及人际关系的异常和紧张。长篇小说《费尔迪杜凯》就充分体现出了他的艺术个性和创作特色。

捷克的赫拉巴尔、昆德拉、克里玛、霍朗，波兰的米沃什、赫贝特、希姆博尔斯卡，罗马尼亚的埃里亚德、索雷斯库、齐奥朗，匈牙利的凯尔泰斯、艾什特哈兹，塞尔维亚的帕维奇、波帕，阿尔巴尼亚的卡达莱……如此具有独特风格和魅力的当代东欧作家实在是不胜枚举。

某种程度上，东欧曾经高度政治化的现实，以及多灾多难的痛苦经历，恰好为文学和文学家提供了特别的土壤。没有捷克经历，昆德拉不可能成为现在的昆德拉，不可能写出《可笑的爱》《玩笑》《不朽》和《难以承受的存在之轻》这样独特的杰作。没有波兰经历，米沃什也不可能成为我们所熟悉的将道德感同诗意紧密融合的诗歌大师。但另一方面，需要注意的是，由于语言的局限以及话语权的控制，东欧文学也极易被涂上浓郁的意识形态色彩。应该承认，恰恰是意识形态色彩成全了不少作家的声名。昆德拉如此，卡达莱如此，马内阿如此。赫尔塔·米勒亦如此。我们在阅读和研究这些作家时，需要格外地警惕。过分地强调政治性，有可能会忽略他们的艺术性和丰富性。而过分地强调艺术性，又有可能会看不到他们的政治性和复杂性。如何客观地、准确地认识和评价他们，同样需要我们的敏感和平衡。

一个美国作家，一个英国作家，或一个法国作家，在写出一部作品时，就已自然而然地拥有了世界各地广大的读者，因而，不管自觉与否，他，或她，很容易获得一种语言和心理上的优越感和骄傲感。这种感觉东欧作家难以体会。有抱负的东欧作家往往会生出一种紧迫感和危机感。他们要用尽全力将弱势转化为优势。昆德拉就反复强调，身处小国，你"要么做一个可怜的、眼光狭窄的人"，要么成为一个广闻博识的"世界性的人"。别无选择，有时，恰恰是最好的选择。因此，东欧作家大多会自觉地"同其他诗人，其他世界，和其他传统相遇"（萨拉蒙语）。昆德拉、米沃什、齐奥朗、贡布罗维奇、赫贝特、卡达莱、萨拉蒙等等东欧作家都最终成为"世界性的人"。

关注东欧文学，我们会发现，不少作家，基本上，都在出走后，都在定居那些发达国家后，才获得一定的国际声誉。贡布罗维奇、昆德拉、齐奥朗、埃里亚德、扎加耶夫斯基、米沃什、马内阿、史克沃莱茨基等等都属于这样的情形。各种各样的原因，让他们选择了出走。生活和写作环境、意识形态、文学抱负、机缘等，都有。再说，东欧国家都是小国，读者有限，天地有限。

在走和留之间，这基本上是所有东欧作家都会面临的问题。因此，我们谈论东欧文学，实际上，也就是在谈论两部分东欧文学：海外东欧文学和本土东欧文学。它们缺一不可，已成为一种事实。

在我国，东欧文学译介一直处于某种"非正常状态"。正是由于这种"非正常状态"，在很长一段岁月里，东欧文学被染上了太多的艺术之外的色彩。直至今日，东欧文学还依然更多地让人想到那些红色经典。阿尔巴尼亚的反法西斯电影，捷克作家伏契克的《绞刑架下的报告》，保加利亚的革命文学，都是典型的例子。红色经典当然是东欧文学的组成部分，这毫无疑义。我个人阅读某些红色经典作品时，曾深受感动。但需要指出的是，红色经典并不是东欧文学的全部。若认为红色经典就能代表东欧文学，那实在是种误解和误导，是对东欧文学的狭隘理解和片面认识。因此，用艺术目光重新打量、重新梳理东欧文学已成为一种必须。为了更加客观、全面地翻译和介绍东欧文学，突出东欧文学的艺术性，有必要颠覆一下这一概念。蓝色是流经东欧不少国家的多瑙河的颜色，也是大海和天空的颜色，有广阔和博大的意味。"蓝色东欧"正是旨在让读者看到另一种色彩的东欧文学，看到更加广阔和博大的东欧文学。

二〇一三年十月三十一日定稿于北京

主编简介：高兴，诗人、翻译家，一九六三年出生于江苏省吴江市。中国作家协会会员。国务院政府特殊津贴专家。现为中国社会科学院外国文学研究所研究员，《世界文学》主编。曾以作家、翻译家、外交官和访问学者身份游历过欧美数十个国家。出版过《米兰·昆德拉传》《东欧文学大花园》《布拉格，那蓝雨中的石子路》等专著和随笔集；主编过《二十世纪外国短篇小说编年·美国卷》（上、下册）、伊凡·克里玛作品系列》（5卷）、《水怎样开始演奏》《诗歌中的诗歌》《小说中的小说》（2卷）等大型图书。主要译著有《梵高》《黛西·米勒》《雅克和他的主人》《可笑的爱》《安娜·布兰迪亚娜诗选》《我的初恋》《索雷斯库诗选》《梦幻宫殿》《托马斯·温茨洛瓦诗选》等。

不可追回,不可逃避——历史语境之下的荒诞悲剧

(中译本前言)

姜蔚茜

捷克虽然从未拥有广袤无际的领土,但波希米亚这片富饶的土地上诞生了许多优秀的作家。从马哈的《五月》到塞弗尔特《世界美如斯》,从现代主义先驱卡夫卡到小说大师昆德拉,从哈谢克的好兵帅克到赫拉巴尔的打包工汉嘉,群星璀璨的捷克文学时至今日依然熠熠生辉,而拉德卡·德内玛尔科娃正是当今捷克文坛新生代作家中的佼佼者。年仅五十一岁的德内玛尔科娃已先后四次获得捷克国内颇负盛名的文学奖 Magnesia Litera,继二〇〇七年《希特勒金钱》获得年度最佳书籍后,时隔十二年德内玛尔科娃再次获得了这一殊荣。巧合的是,二〇一九年的最佳书籍《命》,讲述的却是欧洲人在中国寻找、服从、抗

争特定时代中个体命运的故事。

二十世纪的捷克斯洛伐克处于地缘政治上的东西欧交界处，政权的更替和战争的风暴也让这个民族不断地陷入无穷无尽的灾难。一九一八年奥匈帝国解体，捷克斯洛伐克正式组建，一九三八年希特勒借慕尼黑协定占领苏台德，一九六八年苏联入侵捷克镇压布拉格之春。无论是依附于奥匈帝国还是德意志帝国，捷克在很长一段时间内都笼罩于德语的统治下，而精通德语和捷语的德内玛尔科娃无疑有足够的资本成为其本民族历史的优秀记录者。

但德内玛尔科娃无意用宏观叙事的笔触去描述历史的发展轨迹，即便选择了一个典型的人物也仍旧保留了特征化下的独立人格。故事的女主人公吉塔·劳希曼诺娃是一名在捷克生活的德裔犹太人，幸免于难逃出集中营后，她几度试图重回旧日故土，却始终未能成功。捷克，德裔，犹太人，每一个关键词都对应着一段不幸的历史。因为生在捷克，风雨飘摇的奥匈帝国无法成其倚仗，实现民族自由的同时更大的政治困境浮出水面；因为身为德裔，德意志帝国的崛起至倒塌也在所经之处留下了傀儡的阴影；因为身为犹太人，劳希曼诺娃一家便无法躲开被歧视被清洗的命运。永远处于弱势方的吉塔在逃脱了一切困境后，仍旧得不到任何公正的待遇。就算被官方平反，她依然无法在故乡找到立足之处。普克里茨寄托着她的童年和她的家人，为了回到普克里茨耗尽了她的一生和她的全部。回归不仅是证明对身外之物的所有，更是寻回对自我身份的认同。吉塔·劳希曼诺娃用自己的坚韧对抗着命运的不公正，有人理解，有人嘲讽，有人在内心煎熬中伸出援手，有人在道貌岸然中继续制造伤害；但无论做何选择，这都是她的一生。

结局之前的和解所暗示的困境或许指向的是西方社会难以启齿的自我开脱。在不可阻挡的暗流涌动中，又有谁是无罪的呢？当苏台德地区的犹太人被抓进集中营时，曾夹道欢迎希特勒党卫军的德裔和暗地里义愤填膺失去地位的波希米亚人有何分别？每个人都面临着自己的困境，或迎风而下，或逆流而上；更多的人用沉默解释着无辜。吉塔·劳希曼诺娃所做的正是打破这种沉默，掀开幕布，直视滑稽的剧本。即便要承认，打算为其父亲建造纪念碑的钱，是一笔来自希特勒的钱。

  对戏剧的热爱和曾投入心力的编剧工作让德内玛尔科娃的小说在脱离历史意义后，同样充满着个人特征鲜明的文学色彩。德内玛尔科娃善于烘托氛围，塑造人物形象。在同一个乡间舞台上，不断营造激烈程度不同的戏剧冲突，而断点的情节又用插叙、闪回、白描、切换视角等手段黏合在一起。即使不了解捷克历史，读者们也可以体会到作者遣词造句中的匠心之处。

  尽管毕业以后一直在捷克工作，但文学翻译于我依旧比较困难。译文疏漏之处，还望读者海涵。

二〇一九年四月

楔　子

丹尼斯手握一把绿色的小尖铲，用力推入松软的红黏土中。夜里刚下过一场暴雨，土壤显得格外湿润。

舌头抵住缺了两颗牙的白栅栏，丹尼斯踩着小铁锹越挖越深，铲出的泥土堆在一旁隆起了一座小丘。丹尼斯用手把泥土堆拍打成形，他喜欢这种黏糊糊的东西。放下铁锹，他把食指伸进泥堆里。当第二个指关节没入泥土时，温润的凉意便包裹了手指，但泥土也钻进指甲缝里挤成一团，拼命撑开手指与指甲间的缝隙，再往里伸下去，幸福就会变成惩处。丹尼斯飞快地拔出手指，好奇地看着从泥土里翻出来的衣服夹，仔仔细细地研究，然后把它贴到脸颊上，在左脸和右脸上各画了一条线，然后是额头中间，最后在喉结上。

就像一个潜伏在战壕里的印度人。

小脏手重新握住绿漆斑驳的手柄，丹尼斯继续铲地，挖出一块块满是草根的黏土堆。过了一会儿，小铲子碰到了坚硬的障碍物，丹尼斯只得让步。他不再往深处挖，而是绕着黏土陀螺般轻柔又激动地铲下去。他气喘吁吁，终于挖出一个又长又窄的碗，一个白色的碗。碗面上有奇怪的凸起，还有粗糙的裂缝和孔洞。他把碗捡起来，清理干净里面的残留物，然后他用一个壶身是绿色、壶嘴却是红色的儿童水壶，从生锈的浴缸里灌满了水，来回两次把此碗清洗干净。几年前这个旧浴缸被弃置在草莓地旁，丹尼斯夏天的时候曾经在里面划水。多孔的碗已被掏空洗净，他转了转，然后拿起来。

他惊讶地看到了两个空空的洞。两个眼窝。

这是一个头骨。

人的头骨。

五岁的丹尼斯小心翼翼地把它从果园移到了沙坑。

女人叉腿站着，心不在焉地用红白格子布擦拭着早已干爽的手。虽然已经擦了很久，但她仍旧没停下动作。她沉浸在遗失的记忆里，试图将它们重新捕捉，整合，分类。她把抹布搭在火炉旁那油漆剥落又反复上色的椅背上，拿起一个白瓷盘，瓷盘底部绘有蓝色的花纹，明亮的色泽和她饱经风霜的乡下人脸色形成了鲜明对比。她把馒头片摆成均匀的扇形，用金属勺把深褐色的肉酱汤舀进干透的盘中，她的动作非常小心，生怕白色的馒头片被汤汁浸染。

男人疲惫地洗了把脸，卷起法兰绒衬衫的袖口，坐到餐厅里。女人把盘子放在他面前。男人没有说话，只顾着大口吃喝。女人坐在他身边，看着他那双强有力的手，指甲龟裂，手背上覆盖着黑色柔软的毛发。那双可爱的手不大舒展地握着银色勺子，仿若不知疲倦的挖土机，清扫着盘子里的污垢。

女人起了一次身，去厨房拿她忘在那儿的抹布。她紧紧地把抹布握在手里，时不时擦拭一下她泛红皲裂的手。男人用最后一片馒头在盘子上刮了两次，蘸满剩下的肉酱，一口吃掉。当最后一小块肉消失在他嘴里时，女人终于鼓起勇气，告诉酒足饭饱后哼了哼的男人，她看见丹尼斯在沙坑里堆城堡,堆城堡,堆城堡,堆不好城堡就推倒。①

男人打了个响嗝,喝了一大口装在发泡瓶里的冰镇啤酒。尽管专门用于喝酒的杯子就摆在他面前,上面还雕刻着不同寻常的花纹。

"所以呢?"

她看见丹尼斯在堆城堡。他蹲在大片大片的细沙中间,周围环绕着形状奇怪的小山丘。暗黄色的山丘坑坑洼洼,沙子不停滑落,就像烤箱里尚未烘烤就已塌陷的面团。丹尼斯专心致志地用潮湿的沙子填满面前怪异多孔的容器。

"要是他拿了你厨房里的东西,给他一巴掌,他就不敢了。"

女人深吸一口气,重新组织她的语言。她走进沙坑里,意料之中,丹尼斯依然沉默着。也许他已经意识到,眼前是某种珍贵而神圣的宝藏;他只是不清楚它到底是什么。女人把诡异的物品从他的小脏手中拿走,转身朝棚子走去。丹尼斯沉默倔强地跟在后面,扯住她的裙角试图和她争夺。她反身给了他一巴掌。

"到底他妈的怎么了,女人?快说完!"

"这东西……不太常见。它是……它是……"

仿佛有人把馒头片塞进她喉咙里,连同强烈的恐惧一起让她的声音颤抖个不停。

"我希望你能亲自看一眼。"

"那就拿过来!"

"不行的,你必须跟我过去。起来吧,我们走。"

---

① 原文为唱词。

"去哪里?"

"棚子里。"

男人不情不愿地站起来,扯扯腰带,收紧腰腹的赘肉。

"就为了一个愚蠢的玩具大惊小怪。"

夜。

被灯光划破,两个身影走进光里。他们在门口停下。邻居家的狗第一个叫出声来。很快,一群狗跟着狂吠,向村庄发出警报。直到第一条狗意识到自己的错误,转而传递平静的信号,村庄又重新陷入沉默。两人开始往前走。

棚子里没有灯,男人打开手电筒。里面堆满了各式各样的垃圾。有些旧东西或许还能派上用场,但是大部分永远不会被记起。残破的犁耙,陈旧的干草叉,打谷机,裂成两半的铁锹,秸秆压榨机和一些手工用具,木板破裂的矮架子,彩绘的儿童高脚椅倒在地上,无线电早已损坏,发不出声音,除稻壳的扬谷机也坏了,橱柜的前门无法打开,右半部分垂到了地面。

装有滑动玻璃门的浅绿色梳妆台不见了抽屉把手,油漆也已掉光。

梳妆台上有个深褐色的箱子,上面标记着"伊莱克斯",一本古老的皮革书压在上面。女人从男人手里拿过手电筒。她似乎被棕色的纸板迷住了,完全没意识到男人强忍的厌恶。她走近箱子。男人被一把坐垫坏了的椅子绊了一跤。

"这是干什么?因为一些愚蠢的理由我们就在这浪费时间?!"

女人站在箱子前,没有说话。她把手电筒交给男人,没有说话。

她拿起皮革书放到地上，没有说话。男人把光照向书名，研究着皮革书上无法理解的哥特字体。仿佛在执行某种仪式，女人掀开纸板的两翼，退后一步，仍旧没有说话。她等在一旁，示意男人自己去看。

"好了，去看看吧！"

男人吐了口痰。

"我他妈像个白痴一样站着。"

他把手伸进箱子，摸出一个坚硬的白色物体。灯光下，他看到缝合起来的不规则球体。男人拿在手里转了个圈，然后僵硬了。手电筒的光加深了它的轮廓和接缝，也加深了它幽暗的孔洞。眼眶。脸的骨架。男人把头骨扔回去。

"妈的！妈的，他妈的！他在哪儿找到的？"

"他说是在花园里挖出来的。"

"哪个花园？"

"还能有哪个？我们的花园！苹果园那儿，种金苹果那里！"

男人猛地咳嗽，把痰吐出来。

"他找到这个……当成玩具……只挖到了这个吗？"

"只有这个。"

"你看着我干什么？你想要我说什么？可能，可能是尼安德特人，他们把它挖出来，登到报纸上。它不一定是……"

"我们怎么办？"

男人回过神，此时此刻不适合异想天开，他们没必要互相欺瞒。女人痛苦的忍受，颤抖的声音和湿润的眼睛，都表明了这一点。男人提出意见：

"去看看还有什么。他得告诉我们到哪里找，你随便给他编个故事。"

"但他睡着了。"

"那就叫醒他!"

半小时后,丹尼斯站在一楼大卧室的窗户旁,在窗帘后面躲着。其实没必要躲藏,底下两个人一心投入到工作中,完全不顾夜的降临。然而丹尼斯盯着他们,看着男人和女人在他宝藏发现地的周围疯狂地挖掘;在骷髅发现地的周围疯狂地翻土。他们把手伸向一个未知者的床。苹果树叶悄悄私语,它们下个月就将掉落,如往年一样。树叶飘落到地上连成一片,铺成一张小床,这张小床是给他的慰藉。年年如此,丹尼斯总会找到那张床。这个发现属于丹尼斯,它一直在那里等他。男人和女人拉出一个扭曲的长条,一些白色的杆,和一个奇形怪状的篮子。女人摇摇晃晃地走到苹果树旁,靠着树干呕吐起来。

丹尼斯固执而抵触地看着。那些玩具属于他,他才是那个应该发现它们的人。他们偷走了他的东西,一个接一个。那些玩具是他的,明天他就要拿回来。丹尼斯累了,困得睁不开眼睛。他再也站不住,迈着小小的步子回到床上,把毛绒绒的玩具熊放在一旁,盖好被子。入睡前,他想象着那个白色的玩具也躺在身旁,空空的洞孔里燃放着童话世界绚烂的烟花。

这个幻象长久地停留在丹尼斯儿时的记忆里。直到两年后才被覆盖,才被替代——他的妹妹娜塔莎出生了。自那时起,他开始痴迷于活人身体的脆弱和美丽。

第一次归来
（一九四五年夏）

冰封的地壳

从那里回来后，我便一直生活在冰块下。每个人都踩着厚厚的滑冰鞋在上面欢快地滑行。而我独自一人住在冰层深处，没人看得见，满心疑问又无能为力。如同犯人一般等待着某个人做出最后的手势，等他打断未说完的话，踩在一层散落的薄盐上。我被冰封在地壳里。

我走在回家的路上。我以为那里仍旧是我的家。天气炎热，尘土飞扬，我走到旁边勉强可以称之为路的土地上，过了一会儿才走回路中央。道路快要融化，我大步向前走着，如同其他人一样。我不必害怕，战争已经结束了。

但我最好还是胆小点。

我盼望见到高耸的教堂、红色的屋顶和成排的房子，还有我们的庄园。放慢脚步，灼热的荨麻像绿色的锯子一样打在我的腿上。大块大块锯割着妈妈拿来生火炉的木头，① 我们笨拙的小手曾和母亲细长

---

① 原文为唱词。

的双手交错在一起,哼唱这首歌谣。她手腕上的蓝色静脉清晰可见,化妆品也遮盖不了体内那跳动的管道。晚上她会在手上涂抹香油,睡前再抹些特制的乳液,双手经过按摩后终于得以在夜间休息。

事实上它们白天也在休息。

膝盖开始颤抖。

我跌进了干枯低伏的草丛中。日头高悬,它轻而易举地找到我,我裸露在外的手脚如被针扎。我是个简单的猎物。每个人都在寻找自己的猎物,每个人也都会找到它。总有人比他低一个等级,比他更脆弱。

比他更无遮蔽。

我近距离地看着土地,看着它的移动。远远望去一片祥和,毫无动静。放大镜下却处处都是骚动:昆虫,蚂蚁,步行虫,甲壳虫,蟋蟀,潮虫,瓢虫,绿蚂蚱,还有乱爬的蜘蛛。酷热自上而来融化我,咸湿的汗珠又自我而下,它们竭力躲避着,我却无力阻止汗水的掉落。它们被淹死在我痛苦无奈的悲伤里。一切都不一样了。我再也不会触碰它们的皮肤,保护它们身体的皮肤。我们再也不会一同玩耍。即便可以……我们要如何安放刚刚离开的过去,如何把自己从坑里挖出来?我的家人掉进了那个坑。还有我的童年,一切都陷落在那里……结束了,好在,已经结束了。

农庄还在。墙壁也还在。我可以躲在墙后蓄积力气。甚至可以在墙后躺下,用欢乐的回忆让自己振作,然后重新站起来。

地面忽然裂开,我左右晃动着脑袋张望周围。我的头那么重,碾碎了疯狂逃走的蚂蚁。蚂蚁的尸体被我抹在额头中央,一个死亡的记号。野草被我揪到指间,一丛又一丛。为了忍住尖叫,我没有用手指掐着小臂，没有把指甲戳进肉里，也没有张开双手用全身的力气与钉子对抗，更没有把玻璃片放在手间挤压直至碾碎。我伤害了多么无辜的草，车前子，白甘菊，还有滇香薷。如果不是因为我累了，如果不是因为我倒下了。

炽烈的阳光刺痛了我的眼睛，我翻身左侧躺着，身体蜷缩成一团，下巴贴到膝盖上，像是母亲子宫里的胎儿。我也许睡了几分钟，也许只是晕了过去。太阳依旧灼热，烘烤着我的右脸。我的左脸被泪水浸湿的土地逐渐冷却。我虚弱地站起身，理了理衬衣和裙子，毫不留情地把黏到身上的草茎打落。我沿着裙子摸下去，把手指伸进下摆脱了线的缝隙中，好像套了个顶针。我舔了舔嘴，喉咙干渴。裹在潮湿布料里的指甲从额头中央刮掉干瘪的蚂蚁尸体。裙子扭曲着升起来，好似一个小圆锥环绕着我。我在战壕里，上半身在里面。我又舔舔嘴，打翻小圆锥。我俯身擦拭灰不溜秋的扣带鞋。鞋子是吓坏了的奥特拉阿姨在布拉格给我换上的。她想陪我来，但我从她那儿溜走了，激动地走了。我要独自回家。我已经是个成年人。

鲜绿的草沟里红色的樱桃腐烂了，一群黄蜂叮在上面。我忍住呕吐的冲动。

村子里似乎没有人烟。没有人从白色的小房子里跑出来，这和我预想的不一样。没有人欢迎我，拥抱我，安慰我。没有人塞给我满盘的食物。我突然感到害怕，莫非没有人活下来……

也许是没人对我刺猬般炸起的头发感兴趣，因为她没有牵着她爸爸的手。女孩身边大步走着的备受敬重的头戴帽子的男人不见了。每当那个男人骑着摩托车轰鸣着穿过村中心的广场时，总会引起一阵骚乱。只要有人好奇地看上一眼,男人就会兴奋而自豪地解释道,原产自波希米亚。他任由他们触摸那个怪物,然后调整一下,让他们骑在上面绕着房子打转。一个又一个。他还载过喜出望外的理发师克莱因,他下车后十分谄媚地朝他鞠躬,手里还拿着推子。摩托车上除了司机之外还可以坐两个人,咆哮的怪物一开始吓坏了我,而母亲第一次从车上下来时,不得不靠在父亲的手上保持平衡。她一阵眩晕。害怕油渍溅在她量身定做的乳白色新裙子上。她凑近父亲的耳朵轻声埋怨:"我可不想落得跟邓肯①一样。"自那时起,即便父亲不高兴,母亲再也没有参加过一次这种奇妙旅行。我当然参加了。我看到人们跑过来围观,不停地鞠躬,不停地挥手。笑着挥手。或许只是笑了笑。那个怪物曾经让我那么害怕,可今天的我多么希望轰鸣声能从后面传来,我会跳开给它让路。我多想能看到乳白色裙子上的油渍。

有人向我的大脑插进一张照片,画面定格在那里。两个成年人站在长长的摩托车身边。母亲穿着镶有花边的乳白色连衣裙,右手拿着一顶礼帽。父亲穿着黑色礼服,跨腿站立,一只手搭着摩托车,另一只手随意地叉在腰间。我的姐姐罗莎尔卡和哥哥安迪白袜及膝,双腿交叉端坐在长椅上,仿佛坐在礼堂里。我坐在他们中间。拍照前我飞快地换上了蓝色的天鹅绒裙子,结果有几颗扣子没来得及扣上。安迪做了个鬼脸。

"妹妹穿得可真快!"

我的头发上系着蝴蝶结。

---

① 伊莎多拉·邓肯(1878—1927),美国舞蹈家,现代舞创始人,1927 年因车祸身亡。

"有只蝴蝶落在了你的头发上,"母亲重新梳理我的头发,"我们只需要再给它添一对翅膀。"

我在苹果园前停下。我们的苹果园。

我到家了。

心脏在胸口剧烈地跳动,沉闷得让人难以忍受,我止不住地疯狂颤抖。每一寸土地我都如此熟悉,每一处都有我生命的痕迹。我看向我的人生。我一定能找到人生的出路。

我必须振作起来,控制住肿胀的眼皮。目的地就在眼前,我不能再像一个小时前那样倒下。倒在那里。那片鲜亮的草地,草沟里落满了歪歪扭扭的樱桃。一切都会好的,我安全了,动物爬回了自己的巢穴。我轻轻抚过苹果树的树叶和树枝,抚过木质的凉亭。宽阔的石子路面磨得光亮,我走到一扇特殊锻造的雕花门前。门上装饰有交缠的蛇身,这是在母亲的建议下,由铁匠的年轻助手拉迪内克精心打造而成的。

我用僵硬的手指握住波浪形的黑色金属把手,蛇身消失了。我把全身的重量都压了上去。门没有锁。

我走进去。

希望冷漠地刺伤我,就在双眼之间。父亲的帽子挂在大厅的高架上,仍旧挂在那里。那时他来不及戴上它,尽管以前他若是没戴帽子就绝不出门。绝不。那时他还来不及戴上它,就被盖世太保带走了。我们困惑地看着,看他被残忍地拽进一辆小卡车。车里有人坐着,他们腾了点地方给他。我们又看着母亲,困惑地看着她。她没有哭,没有生气,没有惊恐不定。她告诉他,倔驴子,我们去亲戚那里等着你，去布拉格，去内地，然后我们会再次相见。

她相信父亲一定会回来，但她错了。最让她痛苦的却是父亲没有坐进一辆小汽车，而是上了一辆破旧的卡车，和其他人坐在一起。他们还扯掉了父亲匆忙戴上的腕带。

我再也没有见过他。再也没有。

但现在我摸到了他的帽子。

热腾腾的小扁豆汤

右侧的门通往餐厅和厨房。我的身体一阵刺痛。母亲曾用她温柔的手指敲打我的背部，顺着脊椎，从上到下。从上到下。

"坐直，别驼背，小心弯得跟弓一样。"

姐姐冲我眨眨眼，坚持住，这个考验我也经历过。哥哥窃笑，只要给娇娇宝贝们来上两拳，一切就解决了。

我握住第二个门把手。

我下定决心要开门。

怀揣着难以承受的最后的希望，我幻想着所有人都围坐在桌边，等待那个晚归的人。她离开他们，掉进了黑色的深坑里，又顽强地爬了出来。她带着受伤的手臂重新回到这个世界，这个被扭曲的噩梦涂抹了一段时间的世界。我把门打开一点点。我会好好坐在桌边，从今天起，我一定像尺子一样时时刻刻都坐直，一定不会驼背。妈妈，相信我，相信我，只要你能坐在这里。虽然我变了一些，变得像个大人。不，我已经是个大人了，童稚的言语消失不见，皮肤上长了皱纹。求求你了，上帝，只要你们能坐在这里，坐在这里微笑，大笑，像疯子一样狂笑,甚或是滚到地上捧腹大笑。你们会笑我。因为我通过了残酷的比赛。因为我们活着。我们还活着。

进门之前我数到了七。我的幸运数字。

餐厅里真的有人站着。

我松了一口气,控制不住地想跑过去,蜷缩在女人的胸口。但有什么困住了我的双腿。是谨慎。后天训练的本能。我没有闻到熟悉的气味。

有人在那里站着,但不是我母亲。也不是我们的厨师。更不是我的姐姐。

一个陌生的女人。

年轻的、被吓坏了的女人肚子隆起,穿着围裙。她用我们的勺子给坐着的男人舀汤,热腾腾的扁豆汤,浓稠的汤里混合着豆子和麦粒。舀进我们绘着蓝色花纹的白色盘子里。那些花纹的样式,是母亲亲手画给维也纳瓷器厂的。

我们三个面面相觑。

男子紧张地用手背擦了擦嘴。

"你想干什么?你不会敲门吗?"

"敲门?为什么要敲门?"

泪水再次涌入眼眶,但我把那些冲向起跑线的眼泪憋了回去,用声带勒住了它们。

"我住在这里。我是吉塔,吉塔·劳希曼诺娃。我的父亲买了这里的第一辆摩托车,他以前就坐在你们身后角落里的皮椅上。"

我在说些什么废话?但我宁肯说话,也不愿给哭泣留下机会。

我缩了缩身子。没有欢乐,没有笑容,也没有喜悦。什么都没有。没人请我吃饭,没有满盘的食物犒劳我咕噜作响的胃。什么都没有。

我累了,我不高兴,我无法冷静。我想把一切抛在脑后。躺到自己床上,缩进床单里。我想尖叫,我想张开手指尖声大叫。我就是吉塔·劳希曼诺娃!被风吹散的男人的女儿。他们说,他走进毒气室前举了举虚幻的帽子,给一个年长者让路,您先走,先生。我是吉塔·劳希曼诺娃!母亲来自大城市,受过良好的教育,身上散发着欧洲咖啡馆的香气,她一直在努力适应这里的生活。所以父亲为她建造了这个长方形的房屋。村子里的人羡慕地把这个宏伟的建筑称作是庄园主的宅邸。我就是吉塔·劳希曼诺娃!辛勤工作的父亲养活了附近许多乱糟糟的流浪汉。你们这些仆人在这里做什么?为什么把汗湿的背靠在我们的椅子上?谁允许你们这样做的?我是吉塔·劳希曼诺娃,收拾好行李,赶紧滚吧。

我什么都没有说。我在心里大喊大叫。我从那里回来,陷入不敢做任何奢求的耻辱中。

即便是我呼吸的空气。

"所以,那又怎样?"

男人第一个回过神。

"我……我是吉塔·劳希曼诺娃。这是我们家。我回来了。"

我必须逃走。我意识到了这一点。我训练有素,知道危险已经临近。从男人忽然动身的那一刻起,我就知道了。他动作太快,浓稠的褐色酱汤飞溅到我们纯白的手工刺绣桌布上。从女人脸色忽然苍白，恍惚地把汤勺放回刻着浮雕图案的白色汤碗中，然后大声尖叫的那一刻起，我就知道了。

"不，已经不是了！"

男人打量我一眼，然后跟女人说道：

"简直不敢相信，那些混蛋就不能让我们静一静吗？"

他们一定把我和什么人弄混了。汤里面剩下的肉晃来晃去，最后落到盘里，回到了槽底。水蒸气从汤碗向上升起。男人的双手健壮有力，布满黑色的毛发，他会用锃亮的勺子敲打我的额头中央，像抓小孩子那样抓住我，全力拽住我，把我的头塞进一团热泥中。如同塞进马桶里。我冲出去，飞奔着经过父亲的帽子，跨过连通耳房的木门。我本能地寻求最安全的庇护所，权衡机会。自我保护的本能。在那里学到的本能。

我跑进棚子，钻到混杂着纽扣的棕色泥糊前。我躲进棚子，儿时我们曾在这里玩乐。我跑进棚子，父亲曾经想要拆掉它。他想在这里建造一个宏伟的博物馆。我蹲在地上。颤抖令人讨厌。我把昏沉沉的脑袋搁在膝盖上。一只毛虫在坚硬的地板上爬行。绷紧。伸直。又绷紧。一直不停。

这到底是怎么回事？为什么我要藏起来？我在躲谁？因为面包在错误的人手上？我是不是搞错了村庄？我要留在这里，在想明白一切之前，在脑中的嗡嗡声消退之前。心脏不愿恢复它本来的节奏，它想冲出来，它想冲破我的胸膛。

锅　盖

我抬起埋在膝盖间的头。我需要呼吸，呼吸，再呼吸。眼前是几十只伸长的黑色毛虫。还有不停闪现的画面，那些封存在大脑里的图片。第一张：罗莎尔卡系着带子，坐在一张带有弧形椅背的木制儿童高脚椅上。甜软的蛋糕上点了一根红蜡烛。椅子是父亲亲手做的，是他送给罗莎尔卡的生日礼物。椅面涂了一层厚实的白油漆。为了更舒适，父亲给椅子安了个椅背，椅背前放着母亲蓝色的垫子，上面还系着几根红绳。小桌子上画了一只熊，蓝色的眼睛又大又亮。我被这只熊吓唬了很久，直到后来，我终于学会把剩饭抹在它身上。画面不停回闪。他们给罗莎尔卡点了两支蜡烛。三支。接着轮到小安迪切蛋糕，罗莎尔卡的身体已经没法再塞进椅子里。小熊监视着安迪，直到哥哥的身体也膨胀，小熊宝座便让给了最小的我。

那是我第一次抓蛋糕，母亲做的洒满巧克力碎屑的蛋糕。记忆深处尚存有那时幸福的感觉。双手滑进软绵绵的奶油中，手指间满是滑腻，我努力把巧克力的幸福感传递到口中。上颚因此被甜味麻痹。

在餐椅上——助产士黛尔巴娃女士这么称呼它——我们度过了我们的童年。小餐桌上的熊盯着我们，不允许我们撒谎，"泰迪会看着你有没有把饭吃完。只要我问他，他全都会告诉我。""专打小报告的熊，"安迪嗤之以鼻，"小报告熊，告密熊。"

一张新的家庭照片：我蹲在脏乱的旧棚子里。在角落里隔板破裂的低矮货架下，我们的小白椅油漆脱落，倒在那里。我努力控制住自己不去把它扶起来。我站立在坚硬的地面上把瘦弱的身体弯成椭圆形，然后塞进座椅。我努力控制自己不被过去的日子蛊惑，逃向它们。悬着双脚，戳上熊的大眼睛。

晕眩中我感到一阵恐惧，我仿佛看到了熊的幽灵在挥手。夕阳黯淡的余晖落在椅子上，一缕光线从破旧屋顶的缝隙处钻了进来。它像我一样，迟疑地摸着椅子，紧紧贴住熊的眼珠，用尽力气亲吻椅子，直到筋疲力尽，直到被黄昏幽暗的外衣遮住，无处可逃。

我竭尽全力抓住椅子掉漆的细腿。这是我们家的证据，我没有疯的证据。我确确实实属于这里。就像锅盖属于锅一样。

脑海里的家庭相册被一声尖叫驱散。还有沉重的脚步声。不同寻常的印度人的叫喊声。不同寻常的喧闹声。我们的村子曾经那么平静。围在圆桌边吃饭时，能听到每一声吞咽，也能听到汤勺在空气中窸窸窣窣的声音。我注意到这些声音汇集在一起，为了欢迎我而彼此交汇。它们头戴花环，向中间聚集。它们浑身颤抖，生怕得罪我。

我抱住自己拉回思绪。不必惊慌。这两个年轻人肯定是为了防着小偷才住进我们房子里的。我却像鬼一样出现，又不管不顾地逃走了。

我感到惭愧。我被吓跑了，因为我的话卡在喉咙里，因为我看到了女人手里抓着光亮的金属手柄。它曾经无数次地被厨师抓住，也被母亲握在手里慢腾腾地布汤。我看到了男人肥厚的嘴唇，白色的银勺子夹在其间。父亲曾经用它吃过饭也用它喝过汤，姐姐用它小口吃饭，哥哥用它大口咀嚼。而我，也曾皱着脸用它吃喝。"别一直扒拉饭，好好吃。"

我提了提裙子，把皱巴巴的上衣塞进裙子里。我四处看了看，歪头靠着右肩。我在幻想中扶起高脚椅,在视线里把它立起来。我从它身上汲取着力量。站起来,深呼吸,我推开摇摇晃晃的门,骄傲地走出来。这里就是我的家。我逐渐放松下来。直到一个巨大的男性手掌把我击倒在地。

痛苦飞快地从脸颊蔓延开来。

幸运马蹄

绿色台灯的光刺入双眼,我被迫失明。窗帘被拉上,只留下沉闷的空气。我眨着眼,坐在坚硬的椅子上。一个男人把我扔到了这里。

"别嚷嚷,闭上你的嘴。没错,战争是结束了,但我们必须时刻保持警惕,绝不能对敌人报以同情。"

这点我明白,我也同样谨慎。谨慎是必要之举,从不多余。它公平,所以它公正。每个人都必须小心翼翼,无论他是谁。即使是面对他自己的子民。这没什么错。

四个男人靠着墙壁站在昏暗的灯光里。第五个坐在我对面,迫使我的眼睛看向光的漏斗。理发师克莱因站着。手里拿着的不是剃须刀,而是机关枪。他不再点头哈腰,孩子般的胸膛挺立着。克莱因身边站着一个齐他肩膀高的小伙子,正仔细地打量我,油腻的头发搭在额前,仿佛是用尺子比着一缕一缕贴到颅骨上的。我不认识他,但左边那两个我认识。他们曾为我的父亲工作,一个在建材店,一个在五金店。他们小心地回避我痛苦的眼神,没有碰触我的目光。很明显,参与到对我的审讯也让他们感到难堪。这难堪叫我疑惑。办公桌后面坐着和蔼可亲的拉迪内克,铁匠的助手。我八岁那年的生日,他打了一块幸运马蹄送给我作为生日礼物,上面刻着我的名字和三叶草。于是我答应他不告诉任何人,我们曾去过森林里的芦苇荡,那是我们被绝对禁止前往的地方,我看到他轻轻地吻了下罗莎尔卡微笑的嘴唇,又在草厩里吻了她的额头。八年过去了,他似乎完全没有认出我。

"你们根本不打算放弃,是吗?!"

我不明白为什么拉迪内克要说敬语①。我的身后明明没有任何人,这个问题似乎该由我来解答。

"斯多拉什先生,您不必使用敬语。您好像没有认出我。我是吉塔,吉塔·劳希曼诺娃,您总是和父亲一块儿……您记得罗莎尔卡吗?在树林里……"

四张脸都笑了起来,有两张带着点不情愿和虚伪。像业余的乡村演员笑过了头。我看了看四周,气氛好极了。不错的信号。一切都解释清楚了,不过是个错误的玩闹罢了。

他们只是没有认出他们的吉塔。

斯多拉什突然改变了语气。

"你这个混蛋,你们根本就不打算放弃。战争结束了三个月,你们这些德国佬又回来了,又从你们恶心的纳粹洞里爬了出来。"

"斯多拉什先生,我……"

"尊敬的。"

"尊敬的斯多拉什先生,我听不明白。我不懂您在说……"

---

① 捷克语的"你们"和"您"是一个词,与陌生人或者长辈交流要使用敬语"您"。

"我可能得在小姐面前说德语,她才听得懂。没问题,还需要怎么帮助吗?"

我搞错了年份,还是走错了村?我进错了房子,还是战争根本没有结束?但棚子里有我们的高脚椅。

"您可能,先生……斯多拉什先生,您可能没认出我。我是……"

"我认识你,我清楚地知道你是谁。你不必在我面前做自我介绍。但你得告诉伯雷德尼亚克先生,你是个什么人。他和其他人不一样,他亲自上过战场,受过伤。"

"他是一个真正的游击队员。"

"没错,他和他的战友们让纳粹气急败坏。所有的……你,你也一样。说吧,向他介绍一下你自己。"

伯雷德尼亚克收紧腰腹,挺直胸腔,眯着眼睛,品味众人是如何从头到脚敬仰地看着他。他和克莱因看上去像趾高气扬的锡兵。我冲着右边说话,冲着那颗油腻脑袋上的黑色谱线。

"我的名字是吉塔·劳希曼诺娃。我住在这里,门牌号是七十七。我出生于一九二九年三月十四日。我回家,因为……"

锡兵伯雷德尼亚克往前走了两步,弯下腰。腥味扑面而来。我甚至可以数清他脸上被遗忘的雀斑。老年印象派画家过度修饰的画作。

"所以?吉塔·劳希曼诺娃?这是个捷克名字吗?你父亲是捷克人?"

"我父亲是……他曾是……"

汗腥味攻击着我抽搐的胃。这个距离我可以用额头撞他,撞掉他的牙齿。我害怕他。对德意志的一切厌恶都是难以攻克的。我的内心也怀着同样的厌恶。这是个错误。我的名字仅仅是个声音符号,我什么都做不了。当我从天堂被流放,当我从胎盘剥落,他们为我选了这个名字,用这个名字标记我。有一条谱线降下去,剩下的在中间升起,像一条黑色的蠕虫,一条毛虫。我想把它打落。

"我的父亲死了。我的父亲死了,因为他是犹太人。"

"德意志犹太人。"

为什么拉迪斯拉夫·斯多拉什①要这样说?我不能哭。我把眼泪收到起跑线后,以免受到加倍的折磨。男人们总是被眼泪激怒。要保持平衡,不崩溃,不尖叫。

油腻刘海下的声音猛烈地扑向我。

"但希特勒宣称任意一个犹太人都可以是纯种的雅利安人,只要他对战争有用。"

"我的父亲……我不知道你想说什么……我回来了……"

"而成千上万无辜的人死去了。"

啊,是了,他在责怪我,我也因为同样的理由责怪自己。这就是为什么他们那么讨厌我。他们找不着父亲。他们不满于回来的不是那个曾经控制整片地区的商人,而是一个瘦弱颤抖无足轻重的人。一个十六岁的女孩。即便她的内心早已成熟。

"没错,他们的确是无辜的。我的父亲,母亲,姐姐罗莎尔卡,他们死在那里,死在了集中营。我不知道安迪怎么样了,但如果他还

---

① 拉迪斯拉夫的小称是拉迪内克,吉塔使用敬称后,斯多拉什的名字也就统一改成了全名。

活着，如果他回来了，我们会尽力承担起父亲的工作。我们会努力，让你们……"

我的声音消散了。我失去了动力，什么都不想解决。我只想离开这里，走到我的房间，埋进鸭绒被里，喝几口热腾腾的扁豆汤，吃一片面包，泡个热水澡，然后睡啊，睡啊。

"你是说，你的父亲母亲都不会回来了？"

我快要疯掉。拉迪斯拉夫·斯多拉什看上去却似乎松了一口气，他终于等到了他渴望的消息。紧张的气氛有所缓和。小克莱因也不再僵硬，后背松弛下来，用袖子擦了擦满是汗水的额头，连同他的枪一起靠在墙上。如果可以，他一定会开枪。

"你们那个了不得的兄弟，小多尔菲，有人在附近见过他。"

克莱因的话让我几乎站不住。

"他还活着？"

泪水飞快地掉落。

"他还活着！他在哪儿？把他带过来。不，不，等等。我想给他一个惊喜。所以，家里的那几个人是他的人，他……"

克莱因盯着我。

"他再次消失了，可怜的纳粹，和出现时一样突然。他肯定藏在附近某个地方。你们为他所选的名字'阿道夫'已经说明了一切。"

声音从左边传来。那是一个面相不错的人，穿着脏兮兮的工作服，头带一顶油腻的帽子。一个熟人，曾为我父亲工作过的那两个伙计之一。他给父亲递过配件。这是我第一次听他说话。他从内心的挣扎中逃离，用几句话就坚定了自己。他低沉的声音轰击着我，眼神却恭顺温良地寻求着伯雷德尼亚克的注意。（他们全都在乞求伯雷德尼亚克的青睐。）他收回臂肘，不理会身边人讶异的挑眉。建材店和五金店，我应该提醒他的。

我快要支撑不住。但我不会倒下，一旦倒下，我将再也无法重新站起来。斯多拉什转动着圆锥形的灯泡，追光似的跟随着目标。光线隐约掠过下巴，我的鼻尖短暂浸入昏黄的水池中。

"但这只是个……名字。阿道夫，他一九二七年出生……这就是全部的错误。我只想回家。"

伯雷德尼亚克毛发浓密，我的皮肤隔空都能感受到他的油腻。拉迪斯拉夫·斯多拉什任由灯掉落，开口前让我们陷入一片昏暗中。审判开始，头发上的乐谱奏响了。

"这不是你们的家，你们没有家，这里没有任何东西属于你们。你们输掉了战争，那些曾经属于你们的——以共和国总统的名义——现在都属于国家。从你们那儿拿走的一切，都是正正当当拿走的。我们受够了照料你们，小猪仔。我们还有别的事情要关心，还有许多工作要处理。你的家庭有罪，这用不着解释。语言曾经是重要的，现在依然重要。你们的人一旦坐在一起，讲的全是德语。"

为了强调，拉迪斯拉夫·斯多拉什一拳捶到桌面上。伯雷德尼亚克赞许地点点头。还需要说什么呢？他们自成一体，我不过是在自说自话而已。但我想再一次重申，我在自己家里，坐在自己的椅子上。我还想提醒斯多拉什那个幸运的马蹄。

我累了。难以承受的空乏。

窗帘早已打开，日光溶解了我空白的思绪。我头一次注意到环绕在男人们肱二头肌上布料的标志。一个新的标记受害者的方式。

我曾有过炙热的太阳般的星星。

他们现在拥有两个字母。

RG。

革命卫队。

食肉的苍蝇

太阳无情地照耀,散发着巨大的热量。我蓝色大理石般的皮肤,每一寸都无比寒凉。我打扫着我们农场的马厩。

"动起来,你不是想回家吗?那就快点。"

我不被允许饲养牛和猪,他们觉得我不可靠。我不小心碰到了小牛犊的肚子,母牛噌地跳过来,尾巴像鞭子一样甩在我身上。于是我改去换草垫,清理粪便。

天气炎热。苍蝇嗡嗡地飞来,停在我的手臂上。我没有赶走它们。蓝黑色的点朝我汇集,我从头到脚都是黑色,全身上下挂着苍蝇和果蝇,它们不停地鸣叫,落在我的眼皮上,嘴唇上,飞进耳朵里,鼻孔里,穿过我整个身体,啃噬着腐肉。我就是腐肉。挖空的腐肉,尊敬的斯多拉什先生这么称呼我。

被那两个锡兵——伯雷德尼亚克和克莱因——打了一巴掌后,我跌在了他们困住我的墙壁前。带着鼻血,带着疼痛,我竭力发出声音。

"你却给腐肉打了一块马蹄铁。"

奇怪的是,克莱因抓我的力气比伯雷德尼亚克的力气要大得多。他们把我拖在后面,像拖着袋土豆。斯多拉什关掉了绿色的灯,阳光早已挤走了它。

"我不知道你曾经是谁。你家是怎样的牛棚。"

整个村子里找不到一个人来赶走嗡嗡作响的苍蝇。整个村子里也找不到一个人鼓起勇气面对过去。

他们只是走过来看看我们，面带好奇，或是带着无声的嘲讽。只有助产士黛尔巴娃悄悄地扔给我一片面包和一点点洋葱。

我清扫着粪便。一头猪拉在了旁边的栏子里，和另一边的粪便混合在一起，但从气味上足以辨认出它是个入侵者。我站在那里一动不动。如同一个拿着叉子的雕塑——海神拿着自己的鱼叉。我无法移开视线。猪在地上拱来拱去，残酷无情地把那只外来的猪赶出去。

我机械地劳动了一个星期，用冷漠保护自己。我做了一个决定。我把干草叉放在槽边，槽里面放着刚从蒸笼倒出来的给猪吃的土豆。温热的黄色的有营养的椭圆形的鸡蛋。我不能碰它们。我也许该把太阳当作午饭。他们晚上带来一车土豆，一半都烂了。我们必须把好的挑出来。给猪吃。我把干草叉放在槽边，对着槽口龇牙咧嘴。仿佛它关乎我的命运。左脚的搭扣松了，我撕下来，把生锈的铁环拿在手上，然后悄悄放进食槽里。放进温热的黄色的土豆里。放进给猪吃的土豆里。这是我的报复。

我双手颤抖穿过院子，穿过曾经属于我们的院子。院子里到处都是鸡屎。一个穿围裙的金发女人看着我和另外两个村民，绝不遗漏一个镜头。她坐在门边，阳光照着她袒露在外的胳膊上，也照着她的脸。她站起身。

"干什么?"

"我有话和他说,和尊敬的斯多拉什先生说。"

"你没有资格和任何人交谈,德意志小姐。"

"我有话和他说!"

"不行。"

"我真的有话和他说!"

"滚回去收拾粪便打扫院子!"

"我有话和他说!"

"你没听到吗?手伸出来!"

"我有话和他说!"

"手!"

我伸出手,没有动。尽管我清楚地知道等待我的是什么。我思考着如何能保护自己。我全身都裹在混凝土里,只留下两个鼻孔呼吸。神经末梢不再感知疼痛,所有的一切都被我的保护壳挡在外面。这是那里的一个女人教给我的。混凝土掩体保护了我,却没能保护她自己。

我没有动。我看到了一线希望,我决定好好利用。因此我必须坚持。我必须见到斯多拉什,单独和他谈谈。门神犹豫了,重心换到另一条腿上,拿起一根铁棍。铁棍狠狠地打在我的胳膊上,一下又一下,直到我胳膊上肿得像块面包。我不得不放下手臂。转身。

然后她换了一把武器。

鞭声响起。鞭节落在我的眼前。重新出现,重新消失在万里无云的晴天。女人兴奋地蓄积力气,坐在我的背上。我被钉在地上,一点点被钉得越来越深。如同一颗铁锤下的钉子。我的脸贴在坚硬的石子路上,石头又亮又脏。

太阳依旧照耀着。

阉伶的独奏

拉迪内克的声音唤醒了我。我的耳朵被设定在他的频率上。我生命的源泉。

"还有气吗?"

"还有。"

"我们怎么办?"

"把她扔到后面的谷仓。她可能会熬过去,也可能……"

"可能什么?"

"可能熬不过去。"

我张开嘴,却没法发出声音。我把嘴张开成半月的形状,却仍然是个哑巴。像离开水的鲤鱼,我的嘴唇早已干裂。我在痉挛中试图有所行动,但合住上下颌都必须经受难以忍受的疼痛。

保护壳早已破裂,石膏纷纷脱落,撒了一地白色粉末。吹一口气,雪沫就会冲天而起。

我想拉住拉迪内克,我不想吓走尊敬的先生。我要用行动表示,我必须和他说话。他欠我的保险箱钥匙,欠我解释眼前这一切的钥匙。我轻轻晃动食指,它如锋利的箭头一般穿过我的身体,钻进柔软的玻璃渣,刺入我的皮肤里。

抑扬顿挫的歌声,天真阉伶的午后独奏。我的耳朵背叛了我。手摇风琴的声音,来自我运过粪便的生锈的独轮车。刺耳的声音在我身边平息，结实的手掌摸着我的背部，感受它的韧性。从上到下。从上到下。然后一把提起我，我的衣服仿若一个电梯厢，绷紧的上衣紧紧扣住我疼痛的身体，挤压我平坦胸口上的乳头。裙子翻上去，盖住我伤痕累累的腹部。我是条落网之鱼，带着肿胀的鳍和鳃。被捕获，被抓进来，被扔进唱着歌的锈铁盆里。里面没有水。

他们磕磕碰碰地运走我，无情地摩擦我的伤口。挽歌响起。在灼热的空气中，我无法合上的干裂嘴唇吸入了肥料的恶臭。我的脸正对着干热易碎的粪块。

哀乐消失。我再次漂浮在静止的空气中。手网扯住肮脏的幼虫，嫌弃地从太阳底下拖到阴凉处。一个渔民在门槛上绊了一下，一块木片从下面突出来。他们摇晃着我的身体。他们会把我像扔半空的面粉袋那样扔掉。渔民们撕开接口，从洞里拿出挂钩。在我全身赤裸前他们放开了手。

他们抛弃了沉默的鱼，一条什么都做不了的鱼。

我的脸摔进稻草地，摔在数不清的秸秆尖上，就像摔进铺满钉子的床，苦行僧的床。灰尘钻进鼻子，刺激着喉咙，仿佛有根秸秆钻进了食道，让全身发痒。我咳嗽着，整个身体都在颤抖。

我咳嗽着，亲手让自己更加痛苦。

婚礼面纱

我躺着，保持着渔民们把我扔在地上的姿势，俯身躺着。我什么都没想，这么多年来我已经习惯什么都不去弄明白了。余光中我看到了蜘蛛网，对称的多边形桌布和婚礼面纱挂在横梁间，挂在脱粒机和松土机间，挂在父亲贪心收藏的所有机器间。他想建造一个农业技术发展博物馆，并且强迫我们听他讲所有这些废弃物的历史。我们烦不胜烦。但今天那些早已消逝的话在我听来就像天堂花园里的童话故事。天堂，那个我们从没意识到的天堂，我们只是在那里乱扔苹果，一口都没有吃过。

精致的蕾丝线上装饰着黑色和棕色的躯体，蜘蛛在此间小心行走。直到完成一定量的日常编织后，它们才会挑选一个奖赏。它极其耐心，又有条不紊。它匿身于黑暗中，专心品味它的猎物。

两个犹豫不决的影子覆盖在我的身体上。我紧紧地合上疼痛的眼皮，默默祈祷以保护自己，钻入一个新的混凝土外壳。这是我最后一层保护壳了。我已经没有更多的力气了。

影子沉默。其中一个忽然抓住我的手腕，按住脉搏。

"还活着。"

"拉迪斯拉夫会不满意的。"

"为什么不把这个孩子送去难民营？"

"为什么要送去？"

我不是个孩子，难道我应该把体内灰白头发的老妇人暴露出来？他们说话的声音很轻，我无法辨认他们是谁。其中一个是女人，几乎是个少女。她干脆而清亮的音调一直追问着她的男性同伴。

"她会怎么样？"

"你想怎么样？"

阴影移开了，我微微睁开通红的眼睛。

蜘蛛已经吃完晚饭，有几只苍蝇还挂在蛛网上。只要我爬过去，抓住它们，吞掉它们，我的外壳就会更加坚硬。我试着动了动，一声呻吟。身体投降了，大脑无法发出激励的信号。我的眼前变暗变沉……

水磨咔嗒，在我的耳朵轰隆隆地响起最后一拍。我把裹在白色面粉里的身体浸泡在冷水槽中。

我在期待中醒来，幻想噩梦即将结束。我会立刻拥抱我的家人，圆桌旁没有一张陌生的面孔。我们会用着晶莹剔透的雕花瓷盘，妈妈会一再告诫我不要驼背，好好坐着。安迪会做鬼脸，罗莎尔卡会捏一捏他的耳朵。疲惫的父亲会在最后一刻走过来，用一个歉意的亲吻融化母亲责备的眼神，然后继续说着新技术，谈论如何改良农场、酒厂、淀粉厂和附属的工厂。我们会紧密地围坐在我们的餐桌边，椭圆的桌面变小了，我们得以挨着彼此的肩膀。没有人可以横插进我们中间，没有人可以撕裂我们。一切过往都如此清晰。

爸爸也许会生气，他不理解为什么要为逝去的时间哭泣。他从来不会说"如果时光得以倒流"。他最多会遗憾某些事也许可以做得更好。但他绝对不会哭，绝不恋旧。

为什么他们要让我出生？为什么时间在流逝？为什么黑暗代替了光明？为什么太阳的光线好奇地追逐着我？为什么天上的那位和地上的那位都没有呼叫我？为什么他们一个都不打算让我解脱？该死的。

我的祈祷像一次虚弱的休眠。如此疼痛。我逃进梦中，撕扯着蜘蛛网，缠绕于我脑中的一大团陈旧的蜘蛛网。脑袋被塞满了，像一个垃圾袋。我醒来，眼窝之下的打击乐器开始奏响。

肿胀的头，像一个巨大的疼痛的球，在继续涨大。儿童身体上架着一个怪物的脑袋。我也许应该待在医疗机构的瓶子里，在那里等着被他们打开，仔细研究。

也许这就是我出生的原因。

如果我想挠一挠耳后，或是拨开下巴下面干稻草的草茎，我就必须伸出手，用一根长长的扫帚柄。即便是这样，我依然碰不到。

钉在稻草十字架上的怪物，缠在蜘蛛之间。

头跟随着鼓的节奏跳动，大脑缠在蜘蛛网里。如果不把它们撕得粉碎，我就无法从缠住我生命的网中解脱。

要集中精力。辨认何时清醒，何时昏睡。梦中的痛苦一直试图越界。越过模糊的边界。噩梦。

它证明我还活着。

腐烂的蛋

"你必须咽下去。"

但我没有可以吞咽的东西，普克里茨的空气是我的面包。我的嘴唇上感到了温暖潮湿的救济。我张开嘴咬住微凉的甜味。我匆匆吞咽下水。灰色的细流顺着下巴流至颈部，耳后一阵刺痛。我眯起眼睛看着猫眼外的访客。

一个年轻女人拿着罐子跪在那里。她从深蓝色的搪瓷杯子里倒出水，倒进我干枯的双唇之间，倒进过去几年、几天、几个小时未说出口的言语深处。她把我不能动弹的身体翻转过来，我的头枕在干草上。她爬上摇摇晃晃的梯子，爬到厩楼拿了大把芳香的干草。空气炎热，压实的干草和秸秆会迅速燃烧，一点星火就足以燎原。而我烧成灰烬的骨头连给狗吃都不够。

我不知道她为什么会这么做。但从那里开始，我就知道不要去寻找行为背后的动机，尤其当它关乎性命时。这样的行为人们不会忘记。人们会默默偿还。但我何时会以何种方式偿还罗莎尔卡呢？我们在雨中站了许久，他们把我们拉出去，这一次他们要带走那些手术之后留了疤痕的人。我的肚脐下方有一个丑陋的疤。罗莎尔卡站到我前面，接受党卫军的注视。古老的本能指引了他的注意力，他一直盯着她，只盯着她。他来了三次，罗莎尔卡赤裸的身体三次都站在我的身前。实际上是四次。第一次她穿着衣服，站在平台果决地宣称，我年满十六岁，可以参加工作。

女人从口袋里掏出方格布，拿出一片面包浸入水中，把浸湿的那一头放进我的嘴里。然后用红白色的布擦了擦手。她急切地重复："你必须咽下去。"我疼痛的喉咙吞下第三口时，稍稍看清了她的轮廓。

她离开了，我并不吃惊。但我奇怪的是，她靠近我时为何要一直屏住呼吸，一旦离开便飞快地转过头，深深呼吸着洁净的空气，然后再次抿唇靠近。像是潜入深水没穿戴装备的潜水员，离开他深海里的宝物，浮到水面上方呼吸必需的氧气。

我懂了。是气味。不是粪臭，我体内没有任何东西可以排出。是身体的恶臭。在那里我就非常习惯的味道。饥饿的躯体散发的刺鼻的气味。存活越久越是恶心。坏的东西总是根基深厚，能坚持很久。我是颗腐烂的蛋。

女人夜里过来，沉默地喂我。很快，我就可以自己吃了。她站在那里，远远看着，双手叠在她鼓起的腹部前。有时她会轻轻抚摸肚子，像是要擦亮它。她在安抚她的孩子。

她的指示太模糊，脸上永远都是一个表情。我也不向她展示我体内苍老的女人。她的指示暗含着恐惧，这让她的音节显得有些可笑。

"你绝对不能告，告诉别人，明白吗？绝不能。尤其是斯多……斯多拉什。"

我想问一下，他们为什么会住进我们的房子，为什么我不能自己住在那里。我等着合适的时机。我不想吓走我的供养人，我不想失去珍贵的水和面包。多亏了她，我才得以裹在干草里，靠着梁柱坐着。我的时间不以分钟或者小时计算，而是以事件为基本单位。我会等到我能够站起来，等到我的蜘蛛腿能撑起我的身体，然后我会滔，滔滔不绝地开口，等，等着看，她会怎，怎么说。

我用摇摇晃晃的脚步声辨认她。每当远远听到什么声音，我都会飞快地伪装成一条死鱼，伪装成他们把我扔进来时的样子。

我小心又警惕。我不错吧，爸爸。

沉重的脚步声。男人的声音。热烈的谈话。我俯身向下闭着眼睛。咬紧牙关。斯多拉什的言语和理发师克莱因沙哑的笑声即将到来。他曾用同样不自然的笑声微微鞠躬同父亲打招呼，也曾惊讶地笑着走进我们铺着瓷砖的宽大浴室。他来给罗莎尔卡烫头发，"小姐简直像个电影明星,完全就是玛丽·碧克馥①,左边我们再做一个鬈发,这样整个头部就都蓬松了。"他走进宽敞的浴室打理母亲的头发。她哼唱一段歌剧的咏叹调,光亮的瓷砖反射着她的声音。"太不可思议了,夫人。不过您千万不要吞掉我的梳子,夫人,您再唱一会儿,我的梳子就要掉了。"

笑声终止。他用鞋尖碰我,然后愤怒地吐痰。

"臭死了,居然挺能坚持。"

"妈的,可不是吗?"

"那怎么办?"

"等着。"

"我们不能等到最后的审判日,你不知道会不会有人闻到气味,过来找她……"

"那就今晚解决吧。"

"但今晚有个会,所有人都得去。"

"没有人会过来的。"

"谁说得准。"

"好吧,那就明天晚上。"

破碎的核桃

有什么东西掐痛了我虚弱无力的肩膀。锋利的爪子。夜已深沉。

---

① 玛丽·碧克馥(1892—1979),电影史上第一位超级巨星,1929 年以《俏姑娘》荣获第 2 届奥斯卡最佳女主角金像奖。

我费力地睁开红肿的眼睛。我错过了脚步声，没来得及翻身。我如同一只动弹不得毫无保护的甲虫，仰面躺在壳上。一个简单的受害者。疼痛加剧，移动了一段距离。他们会把我踩在脚下，破碎的核桃壳会噼里啪啦地发出声响。

"起来。"

是那个孕妇。我松了口气。

"快……快点，来，站起来，拜托了。"

肩膀上的按压松开了。女人拉起我瘦长的手臂，捏住我的手指。我的头一直往后掉，无法从地面剥离。一个垂落的罂粟头，几乎要折断脖子。

"我不行。"

"你必……必须。"

她拽着我，双手拼命摇晃，我们像是无形的锯子，锯着看不见的木头。我全身都在痉挛。

"你必……必须离开。不然他们会杀……杀了你。我也……也会被杀死。"

我无法解释我的脖子上套了一个球，是它让我无法通过她为我半开的那扇门。她没有晃动那条凶恶的锁链，在父亲的铁匠铺锻造的锁链。标记着家族名 L 的锁链，字母蜷曲在月桂树叶里。为了监禁女儿而锻造的锁链。我没有去上宗教课，在炎热的午后盯着蜻蜓闪闪发亮的翅膀，在森林的池塘里洗澡，母亲禁止我们做这些。爸爸严厉地批评我，但毫无说服力。把她锁上一天她才会学乖，自我反省，然后就被驯服。

我现在被锁着，面壁思过，被驯服。只是这一次，我不知道我为什么要面壁思过。因为我仍旧没有学乖吗?

"我现在真的做不到。"

"你必须。"

女人几乎断气,一脸执拗,愤怒地推开缠住我的绳索。她紧紧抱住腹部,比以往任何时候都要顽固。夏夜响起了青蛙的协奏曲,草地上啾啾乱鸣。

"我跟你说了,起来,不然我打……打你一巴掌。"

她绝望地拉着我的线,晃动我,让我站在自己笨拙的提线木偶的脚上。最后她用一个词让我磁化。

"求求你了,请你起来,你这头蠢……蠢驴。快……快点。"

请。一个被遗忘的咒语。疑惑的举重运动员抬起自己的身体和身体上的球。我晃来晃去,像空心的棒子,像颤抖的棍子。折断它,可以供给一个两手空空坐在餐桌前的中国家庭当筷子使用。我蹒跚而行,看着梁木间的蜘蛛网,趔趔趄趄地保持平衡,尽力不让脑袋向后垂落,尽力支撑住自己的身体,尽力不要用无力身体下的双腿振动整个谷仓——巨大的处处凸起的球。脚趾如果突然不动,球的滚动也会突然停止。我可能永远不能挺直身体站在自己腿上。永远不能。

女人握紧我的手,把我拉出去。坚定地,紧紧地。另一只手摸着肚子,保护着它,又从它那里得到力量。我们接近门口。我屏住呼吸,等待着重重一击,嵌入头骨,然后裂成碎片以穿过狭窄的通道。

奇迹出现了。

女人啪的一声关上刻有字母 L 的锁,绷紧它,小心地缠好链子。

"我们要去哪里?"

"嘘，不要出……出声。"

"那么……"

"嘘。安……安静！"

"那么，我可以躲在家里吗？"

女人插进长钥匙，竭力弯腰去够它，手指勾住金属眼。

"安静点，妈……妈的！"

"我们要去哪里？"

她把钥匙放入围裙口袋里，捋了捋髋部的衣物，压根儿不看我。

"去苹……苹果园，你从那里走上公路。后天会有一批人被运到难……难民营。你可以从这里逃走。然后一切都会变好。"

舔湿的标签

眼前一切都在变暗。

"我住在这里，这里是我家。"

我固执地重复着，这里就是我家，就是我家，我家，我……直到她用手捂住我的嘴，捂住我凹陷的脸颊。

"别闹了……你太蠢了，什么都不知……知道。活着就够了，你快点去躲起来。"

"我不走。我什么都没有做错。"

"你是德裔人。"

她松开手，用围裙擦掉手掌上我的口水。

"我不是。我有捷克斯洛伐克的公民身份。我是……"

"德裔人。"

"那又怎样？我是一个捷克德裔人。"

"一样的。你虽然是捷克的，但你仍旧是个德裔人。"

我讨厌她，这个结结巴巴又粗鲁直接的女人。我应该压制自我，让体内头发花白的女人醒来，代替我说话。她喜欢为我代言。

"听着，我从那里回来，那里的人指认我是犹太人。我是犹太人？我以前从来都不知道，家里没有人跟我说过，直到他们把我们带走之前……明天等待我的又是什么呢？可能是某种我尚未意识到的东西。他们下次又会给我贴上什么标签？我的额头宽阔得像大型机场，那里贴上什么都行，什么标签都行。无论如何，我不能离开。这里是我的家。"

老女人讲得非常不错。她可以回她的床上睡觉去了。

"闭嘴，你这个忘恩负义的混……混蛋。劳希曼诺娃家的东西全被没收了，懂吗？一切都没了。他们的财产被没收了，就像其他叛徒一样。报纸上还有报道。快走吧，该死的。"

她带着嘘声说话。耳语声穿透两个人。我圆形的脑袋继续涨大，脉搏在剧烈震动。无论我毁掉多少个蛛网，蜘蛛都会重新结网。狡诈的蜘蛛永远不知疲倦，织啊，织啊，织啊。直到我完全疯掉。

要保持冷静，不崩溃，也不尖叫。我要从头开始学习，像一个无知的孩子，但身体内的老太婆必需保持清醒。

"他们把我带到集中营。纳粹。他们杀了我的父亲，杀了我的母亲，杀了罗莎尔卡。纳粹……而我是谁？这里是我的家……我回家了。我要留下来。"

我蹲在地上。胳膊肘撑在瘦削的膝盖上，手托着下巴。

"你很快就会打起精神的。对我们来说你是德裔人,这就是全部。我们有证人。"

"哈,什么证人?全村人都认识我,所有人都清楚地知道我父亲是谁。况且,您又是谁?我也有证人,他们能证明我在这儿生活了十三年。我祖父和曾祖父那个时代的证人……我们雇用了这里大多数的人。您去问问助产士黛尔巴娃女士,她接生了我、多尔菲和罗莎尔卡,因为医生总是迟到。我的母亲完全可以指导她,她参加过健康课程,读过专业杂志,她自己给我们看病。您可以把拉迪内克叫过来。我从小就认识他。他们一定对他说了谎,让他搞不明白,他们不准我去见他。"

女人俯身,指甲掐进我的手腕。

"没有时间了。"

"我留在这里。"

"你蠢得像猪一样。拉迪内克就是对付你们的主要证人。他证明你们在一起的时候说德语。谁说德语,谁就是有……有罪的,显而易见。拉迪内克分割了你们的财产。"

指甲掐得更深。我带着疼痛冷笑。

"您怎么知道?"

"斯多拉什是我的哥……哥哥,小姑娘。"

小姑娘这个词令我发笑。她比我大不了多少。但我不敢和她用平辈间的称谓。她是指挥官。我把身体里的老太太拉出来。她知道女人的球何时在撒谎。

"哥哥?"

"哥哥，大哥，兄弟。"

"但我完全不记得您。"

我倒下去，屁股坐到草地上。但她仍然抓着我。这条母狗。

"我们不久前才搬过来，哥……哥哥从营地回来，来信说我们在这里可以住上新房子，自己的房子。你可以闭嘴了，不然我就扔下你不管了。"

"我们为什么不去找他？"

"找谁？"

"拉迪内克。毕竟他是您的哥哥。为什么不去呢？"

"他不知道我在做……做什么。"

"您可以跟他解释。"

她朝我的脸上啐了一口唾沫。

"你想和拉迪内克谈谈？那个人禁止任何人和你接触，你却想找他谈谈？他早以为你已经不在了。那个人只想知道你什么时候会饿死，你却想和他聊聊天？你，你这个发臭的蠢货。"

"您是他的妹妹……我们却不能去找他。那么您为什么要这么做？为什么像喂鹅一样喂养我？"

指甲离开我的手腕，留下五个印记。她略带害怕地站直。双手放在腹部上，尽可能地保护住她的肚子。

"再这样下去，上帝不会原谅我的。已经很难了。现在要么你听我的，要么……"

我的大脑记录下女人对我嘶吼的一切，像是肮脏的皱巴巴的衣服。皮肤上五个半月形的印记。

我们是盟友，或者不是？我能信任她，或者不能？她等待着商人女儿丰厚的奖励？回答我，老女人。

脑袋继续涨大，升到腐烂了一半的核桃树的顶端。它让我们屋子的门槛和栏杆陷入阴影。它升到云层，细长的眼睛斜斜地看着黑暗的大地。这片土地生养了我，现在却在拒绝我。我的颈部伸展又收缩。巨大的灯塔踩着细长的梯子向上升起。它挡住了月亮和星星，让世界变得愈加黑暗。每个人的脸我都认识。但所有人我都无法理解。

早晚他们会承认我。

我俯冲下来，回到女人呼吸的地方。

"我会在谷仓里躲起来，躲在草料下面的盒子里。我不怕黑，我会很听话，绝不出声。或者躲在地下室。我会在那里等我的哥哥。安迪知道该怎么做，一切都会得到解释的。"

女人不回答，长久而固执地沉默着。我的眼前出现了一把勺子，被抓在手里，冰冻在盘子上方。

决定性的一击。

"您还没有告诉我，谁住在我家。为什么您会在我们的餐厅。"

她沉默着。仿佛所有词语已被悄然说出。她依旧沉默。

然后她重重地打在我的胸口，轰隆隆的一声巨响。我被扔进草丛中，扔到核桃树的树根边。一日暴晒融化了这片土地。半死的核桃树周围笼罩了一片刺眼的黄色光芒。女人无情地抓着我的脑袋，把我推得更低，直到树根处。一行行粗糙的纹理轧上我的脸颊，又擦伤我的鼻子。

祈 祷

我听到一个男人的声音，身影套在光环里。

"玛丽！玛丽，听得见吗？你在哪里晃来晃去？快回去睡觉。"

"我去牛棚里看了看，怕水不够，天气太热了。"

男人四处搜寻着女人。女人跳到旁边的苹果树旁，靠着弯曲的树干大声而猛烈地呕吐。男人停下来，语气里满是疑惑和厌恶。

"你真是太没脑子了，玛丽。身体都这样子了，大晚上的还在外面瞎晃。快回去吧。拉迪内克来这儿找你了。我们得小心点，不要到处乱走。"

男人离开了，也带走了光，明亮的剪影渐渐消散。女人又一次假装呕吐，把我从核桃树边拉出来。她不耐烦地把我拖在身后，从一棵树到下一棵树。她偶尔会放慢步子，竖起耳朵。然后继续拖到下一棵树，仿佛滑雪者在进退两难的暴风雪中，寻找着下一个支撑杆。我抓住祖父和父亲种下的树。我的额头一路碰到金莱因特[①]苹果树的树干，我从它们身上得到了力量。

就像女人从她的孩子身上得到力量。

她疯狂地拉着我穿过苹果园直达磨坊。那里放置着碾磨动物饲料的转盘，三块平坦的大石头下藏着一个带金属搭扣的军用背包。我的鞋子上也曾有过那种搭扣，我在牛棚里劳动时它们脱落了，其中一个

[①] Golden Reinette 的音译。一种苹果树。

被我放进了食槽，变成了某种尖锐的饲料。

女人用带子套在我肿胀的头上。我的头不是在高处吗？她是如何把肩带拉到数米长的呢？我没有问。她不会懂的。

"里面有黄油和面包。还有他们从你身上拿到的原件。你朝那边走，不要再回来了。"

女人狠狠地推着我，仿佛我是什么危险品。

"快跑，听到了吗？快跑。求求你了，快离开这里。"

她又一次使用了那个咒语，又一次让我迷惑了。咒语贴在我宽阔的额头上，双腿自己动了起来。我回头看了看。

"一切都会得到解释的，您等着看。"

她尽可能地保持冷静。

"我会回来的。我可以帮您照顾孩子。"

女人抽搐起来，埋在膝盖上哭泣，双手紧紧抱住她的小生命，低低地耳语着，向自己耳语着。

"求求你别说了，别说了，赶紧走吧，别再回来了，永远都不要。"

她无数次地重复着祷告，用来驱避邪恶的魔鬼。女人绝望的祷告，还有看不见的胎儿发出的声音，像吹着纸飞机的风一样，吹进了我的脑袋。

我听命于她，失去了自我意志。一个痛苦的脑瓜。我会逃向我的归属。去营地，然后任由他们带我去什么别的地方。新的选项，新的运输。从那里来，再到那里去。一切都在重复，一切都将重复。不需要任何解释。我朝它奔去，书包击打着我疼痛的身体。

女人在我的额头上贴了一颗搭扣。

啾啾鸣叫的鸟喙

我跌跌撞撞地爬上半山腰,避开犹太人墓地里安静的墓碑。我从来没有想过,他们的世界也是我的世界。我的父亲曾把废弃的犹太教堂改装成仓库和粮仓。

什么都不要想。什么都不要想,快点逃走。不然脑袋一定会爆炸。我没有想,我什么都没有想,我只是冲进了这样一个夏夜。

一棵树倒在地上,树冠不寻常地铺开。我的肺几乎要吐出来。我筋疲力尽,疯狂跳动的心脏渐渐冷静,在高耸的云杉树下慢慢睡去。

天亮了。

啾啾声传了过来,鸟在天上某处啄着我臃肿的头。一千根尖锐的针刺痛了我,我的头上不是发根,而是密布的罂粟种子;带翅膀的信使有义务把它们捉出来。最后的警告,给普克里茨的灰姑娘最后的警告;我不能错过约会;我必须赶上车及时过去。就像一九四二年五月十四日去往特谢比采一样,我放下仔细打包的行李箱,按摩着因为握住行李箱的手柄而通红的手掌。

它一下子倒在了通道上。

当我和罗莎尔卡一块儿坐到它上面时,它一下子倒在了地上,我们两个也跟着翻倒在地。母亲紧张地看着我们,害得我们忍不住都笑了起来。带着一丝安慰。最坏的事情已经过去了,我们只需要坐一次车就好。

它一下子倒在了地上。

我微笑了。一切都是静悄悄开始的。一周又一周，一月又一月，一个又一个的禁令，限制，然后行李倒在了地上。安迪和罗莎尔卡的名字从中学生的名单中被剔除，有人说他们还在上私人课程。未经许可我们不能行动。然后行李倒在了地上。

鸟鞭策自己弱小的雏鸟去它们到不了的地方，我的耳后一阵刺痛。

到特雷津时我和罗莎尔卡都没有笑，我们只是困惑地左看右看。而母亲却变得歇斯底里。他们选她当护士，照看从波兰比亚韦斯托克过来的一千二百六十名犹太儿童，这些儿童被选定参加交换行动。她和他们住在完全隔离的地方，她开始期望，也许她的三个孩子也生活在差不多的环境下，甚至吃着更好的食物，有人给他们捉虱子，也许还能洗澡。但去往巴勒斯坦的交换计划失败了。一九四二年十月五日夜晚，孩童们被秘密送往奥斯威辛，抵达后立即被关进毒气室。随行的五十三名护士也身亡，包括……

母亲是第二批抵达奥斯威辛的。

我擦了擦眼睛，一群鸟儿拍打着翅膀，鸣叫着飞向天空。枝繁叶茂的云杉划破了我凹陷的脸颊，锋利的刺针掉落。很好。本该如此。我不会抵抗。我会回到我该去的地方。

我一路跛行，走在公路上，朝着一个惊诧的胡子拉碴的男人疯狂地挥手，他的袖章上绣着熟悉的字母。

赶走我救了我的女人正在经历第一次宫缩。

几个小时后，我在沉默的布满灰尘的路上前进。口干舌燥，但不热。蓬乱的头发为我遮阴，这个凉爽的阴凉处只有我一人在享受。

当劳动营给我的胳膊上贴了一个白色的专用标志时，女人正在我父母的卧室里走动，身体弯曲，时不时发出痛苦的呻吟。

当我检查布拉格的奥特拉阿姨为我准备的早已毁坏的文件时，女人被迫迎接了新一轮的痛苦。

当我被迫脱下衣服，一个穿着奇怪的扁平足的捷克女人摸索着我每一寸肮脏的肉体时，女人高喊着正吃着面包和自制熏肉的男人，让他去找医生或者助产士黛尔巴娃。

当他们给了我一张床让我参加秋季劳动时，女子茫然无措地抓住精雕细刻的床头柜，汗水涔涔。

当我在田里捆着粮食，虚弱地颤抖，几乎要被阳光融化时，助产士黛尔巴娃和她好奇的鬈发女儿正赶过来帮助女人。两人都在额头上裹着花色围巾。老一点的那位被太阳晒成了印度人，皱纹又深又黑。她在和女人耳语，然后从男人手里接过熏肉和面包，并让他去准备点热水。男人和着最后一口食物吞下了无声的抗议。

当我走到不省人事的男人身边，紧张的女孩弯腰看他，女孩却被鞭子抽打了一下时，女人躺在我父母的橡木床上，膝盖弯曲，双腿分开，急速地呼吸着。

当阴凉消失，烈日如剑一般刺穿了我的盾牌时，我的头缩小，坠落，像一个被放掉气的气球，像一个缠绕住我俘获了我的降落伞，女人下巴抵着汗湿的胸口，手指掐进白色的大腿。双腿之间，一个神秘的通道出现。

当我被鞭子一下一下地击中，脑袋被裹住并没有感到过于痛苦，只是失去意识倒进新鲜的根茬中时，一个小小的头拖着小小的身体从女人的腿间滑了出来。

一个正常比例的小脑袋。

女人在我们家生下了孩子。一个早产儿。被迫离开保护壳中的男孩。他得感谢助产士黛尔巴娃。我也是。还有我的姐姐罗莎尔卡,我的哥哥安迪。

女人幸福无比,也不再口吃。她认为一个健康的早产儿是上帝的旨意,一切都得到了宽恕,昨日已被抹除。她给他取了一个不寻常的名字。丹尼斯。他的生日是她重生的第一天。一切过往都同羊水和胎盘一起被冲洗掉了。

永远的骗子

扎人的婴儿毯,一层黄色铺开。我躺在刚刚搁下的稻草刷子上。脖子上酸痛的球炸开了。紧绷感终于释放。头于是萎缩下来,拉紧的皮肤变成皱巴巴的薄纱。像个松弛的降落伞,滑到我的脚跟。我被裹在一个巨大的外壳里。

"起来,来,来,快来。"

有人不耐烦地摇着我。他不知道他触摸的东西并不存在,只是一颗疯了的透露的外壳。

"琼玛,你也是,快来。"

我不会再被骗。这是一个陷阱。

语言像双头蛇一样盘踞于我的身体里,和我一同长大。我去捷文学校上课,在家里和母亲说捷克语,和父亲说德语,和自己德语捷克语都说。词语自行组织,从混乱的词语中分离出来,跳入我的脑海,或是滑下我的舌头进入空中。它们自行其道。它们联手组成句子表达想法。

这一次我不会再被骗。

这是个小把戏。一个透明的，可怜的，普克里茨式的恶作剧。没错，恶作剧而已。我说话的语言会决定我的类别。脱口而出的话会决定我应该面壁思过还是加入强大的方阵。混着口水而出的话会引领我从通道从贫瘠的土地道，向左去往煤气炉，或者向右去往生存的希望。

我关掉声音。我听不到巴别塔的尖叫声和嘶鸣声，也听不到塔下深坑里鞭子的抽打声。我哭泣的眼睛看着红色的虞美人和白色的法国菊，深蓝色在地平线上，也在我鼓起又瘪掉的水疱上。脓流了出来。我听不到混乱的语言，听不到。我听到孩子们的声音。我浮出水面了，我可以工作。可怕的事情在营地里发生。罗莎尔卡和我听到孩子们的尖叫和哭泣，听到纳粹的吼叫。我突然歇斯底里地大叫起来。我的罗莎尔卡做了她唯一能做的事。她给了我两巴掌。

"请站起来吧，快起来，你必须起来。"

请。那个咒语。两根裂开的稻草突出来；我穿着一条新的红色的网眼及膝袜。我抓住女人的手臂，蓝色的袖子洗得发白，上面还有花纹。我不看她的脸。我想象着普克里茨餐厅里的圣母玛丽亚，手里拿着勺子的奇怪的救世主。她的声音苍老而沙哑，双手早已失去青春的柔嫩。皮肤萎缩，手指和手背的骨头都裹在皱纹、色斑和雀斑里。我的脸在发烫，罗莎尔卡在我耳边喋喋不休，不要出声，直到我们得救。

我被挤在人群里，有些人被吹落。我们手牵着手。在漠然沉落的太阳下。太阳的光线射向被灼烧的脸，让他们被嘲笑。

在集中营的阅兵场上,原先的编队被打散,像一群变形虫那样围绕着核心卡波①。

我绊了一跤,失去了花袖套。我失去了方向,不知道该往哪里去。我冒冒失失地走着,寻找着我的蓝袖子。

我逆流而上,人群推搡着我。一只毛茸茸的男孩的手伸了过来,蓝色的衬衫上并没有图案。我被推进门边的屋子,他们早上在这间屋子里彻查过我的文件和身体。他们把我的背包倒过来抖了抖,用小刀砍断了它的搭扣。

他们强迫我坐在地板上,用鞋帮脱掉了我的鞋,那个时时让我想起丢失的搭扣的东西。然后,强硬地踩在我的脚趾甲上。

我毫不惊诧。

"捷克人现在流行这个。"

花袖套摸着我的脚。

"这样就没人能逃走。"

粗犷制服下的奇怪军靴在这次按摩会上倍感愉悦,甚至还跳着、蹦着、旋转着踢上了我的胸口和腹部。舞者厌倦了,把我扔到门外,然后邀请下一位女士。

花袖套潜伏在发霉的墙壁后。她让我倚靠在她的身侧。小心翼翼地,一毫米又一毫米,我移动着我赤裸的双脚。我把满是灰尘的鞋放在心口。袖子把我放在小屋子里,仿佛我是什么破旧的布娃娃。又把

---

① 指党卫军从集中营囚犯里选出来的看守犯人的人。

我放坐在床上，躺倒。毫无力气的头自发地滚到了稻草枕头上。

我看到暗处的蜘蛛网。颤动的黑点装饰在新的图案上。

我什么都不关心了。什么我都不关心了。

跳蚤市场

队伍会在清晨出发，跨过波希米亚的边境。这是一次残酷的清洗：前一波去了东面，这一波前往西面。我在其中动摇。有些忍饥挨饿的猎物兴奋异常，尽管他们的箱子已被甩走，贵重物品也被没收。不带任何犹豫，贪婪的爪子伸进了他们背包和夹克内衬里的口袋。他们翻开女人们的衣领，伸进衬衫，揉着乳房，一通大笑。他们的手在受害者的身上摸来摸去，扯下手表和项链。耳环方便得多，用不着解开领口。一个拉扯，一声哀鸣，耳垂上闪烁的黄金就变成了哭泣的石榴石。脖子上带着红色项链的年轻漂亮的女人，被拉到帘子后，或者直接推倒在地，珠子散落到领口下，男人的手掌也跟着往下。向下，再向下。低一点，再低一点。那么多固执的呜咽和呻吟。那些哀号的人，这么多年了似乎还是没能明白，这样的事情一直在发生，这样的事情每天都在发生。这仅仅是个甜美的开始。但我还用得着描述什么吗？让那个头发灰白的老太太从容地睡一会儿吧。

一个四十岁的男人朝我走过来。他头发稀薄，两边都秃了一道弧，中间的顶端却完好如初。我躺着，拒绝起来。男人暴躁地摸上我的少女身躯和床垫，把我空空如也的背包翻了个身，猛烈地摇晃着它。我漠然地研究着他的皮肤和骨头。然后我看着天花板上的蜘蛛，找到它们并不容易，观察它们更是如此。

音量变化了，我一点儿都不吃惊。叹息、哭泣和笑声逐渐减弱；看不见的手调低了舞台上的噪声。只剩下一个音色独自增强。我贪婪的同伴忽然冻结了。书包扔回我肿胀的脚上。他从床上跳回地上。

指挥官发出低沉的叫喊，完美调频的男人嗓音。耳环采集者迅速撤回，歉疚地笑着，他们的仇恨冷却了。我没有力气听他讲话。尽管我的脑袋越变越小，但那个臃肿的气球所带来的痛苦却越来越重了。

粗糙的桌子下有一堆珠宝，我一点儿都不吃惊。胸针和耳环，结婚戒指，挂着金色十字架和胖胖的小天使的项链，银质的怀表，皱巴巴的纸币——有的用胶带缠着，有的用线绑着。

他们喜欢的精确和秩序。在那个地方我就知道了。一切都要经过仔细的检查，归类，分装。死亡也因此能够预测。但奇怪的是新组建的群体很快就被划分得更小更少。犯人们一个一个接受审查，男人和耳朵上结了痂的抽泣的女人。他们不信任地摸着自己的物品，预备抽个大奖。

这让我害怕，让我惊醒。这种方案我不了解。这是一次创新。我的肘部滑落到床铺边缘，头僵硬地垂下。

穿着制服的纳粹劳动营长官的声音在整个营地响起。声音在大殿响起，他的下巴很长，浓密的眉毛之间有两道眉沟。没有佩戴字母袖标的男人的声音。

"我在战争中一直坚守着军官的荣誉，直到最后一分钟也不会改变它。如果有人再敢偷东西，我会一枪毙了他。"

警告是不够的，有些囚犯却高兴地跳了起来。虽然失去了一切，但他们仍旧活着。他们深信他们会去往德国。德意志帝国,成为其中的一分子。他们相信自己将要去亲人那里,开始一段新的生活。他们真的相信自己是胜利者。他们竟然倍感安慰,毕竟他们不像我那样在那里待过。我知道行军的真正目的,马拉松似的死亡。我知道它将终止于何处。终点线会缠到脖子上。我不想解释。为什么我要提醒他人?所有人都仇视我。所有人。就让他们一直走到南墙吧。

我变得又干又硬,高耸的云杉却刺着我继续前进。但那里的记忆抓着我,血液在耳朵里奔腾。恐惧掐住了我的喉咙。

我抓着我的背包,这是我唯一的财产。尽管被抢走,只剩下空空的包装。我必须抓着什么。我要离开,我要回家,回到普克里茨。我会躲起来。我可以收拾猪粪。我可以做个用人。直到一切得到解释。直到安迪回来。女人可以把我藏在地窖里,像奥特拉阿姨收留犹太邻居的男孩。他不知道藏着他的并不是他的家人。他一直在想,他们会不喜欢他,其他孩子会比他好,所以他尽全力做好一切。我知道该怎么好好表现,怎么保持沉默。我可以的。要保持冷静,不崩溃,也不尖叫。

脚趾肿得像面团,没法穿进鞋子里。我赤着右脚踏上冰冷的地面。一块发红的煤钻进大脑,痛苦地在里面灼伤,泪水止不住地滑落。我没有晕倒。我只是坐在地上,因疼痛而麻木。

"你要去哪里?"

目光缓缓移动。从磨破的脚后跟上破烂的棕色鞋面。从血管跳动的腿肚子。从阔臀上宽松的蓝色裙子。从灰尘嵌入破裂指甲留下黑线的粗糙皱巴巴的双手。到蓝色半褪的花袖套。到脏兮兮的颈部。深褐色的脸靠近我。染成黑色的鬈发分成两边,右耳后别了一个灰不溜秋的夹子，油腻的头发让发夹也黏糊糊的。希望她没有虱子。

"你要去哪里，吉塔？"

她皮肤粗糙，牙齿歪歪扭扭，疲累的眼睑突起，眼皮下垂，还带着眼袋，眼里满是疑问。

我在冒险。

我终于回答了她。

破碎的骨头

花袖套的捷克语说得破破碎碎。每说一个词，车轱辘转一下，另一边就又卡住了。她抖了抖，吞下音节，做了个手势。像个中风的人。

我让她用德语小声说话。她不再抖动。但说母语也一样小心翼翼，带着某种厌恶。不管说的内容是什么，她都忘不了这门语言被处罚了。对我来说，任何语言的词汇都没有意义。它们不过是徒劳无功的尝试而已，它们排列成行跳到外面看看世界。

这个弗拉知道我是谁。她的丈夫曾在我父亲的酒厂工作过一段时间。她胡子拉碴的丈夫总是大发脾气。他同我父亲吵过几次。父亲不作任何改变，只关心自己和自己的工作。她的丈夫发觉父亲是个基本被同化了的犹太人。他把它公之于众。

他们一个都没有活下来。他们死在奇怪争论的正反方。

她让我坐在床上。就像把忘恩负义的孩子推回到旋转木马上。钱已经付过了，她们必须骑在上面。她轻轻地把我推向边缘，自己也爬上去，躺在我身边。我们寻找着蛛网，但没有看到它。她像个尸体那样一动不动地躺着，粗糙的手指交握在腹部前。过了一会儿她开口了。

男人去前线前和她离了婚，她关于种族的无知和愚蠢的认识，让她无法体会到这是一个伟大的时代。一九四五年五月，阿尔滨·雨果·利布舍救了她，她得以免于私刑。利布舍是她的表兄，一个苏台德地区的德意志人，住在西鲁克附近的古拉吉茨，从我父亲那儿买过波希米亚摩托车——母亲只坐过一次却抱怨了很久的庞然大物，油渍一直留在她的米色礼服上。花袖套舞动起来。

"是啊，就是他。"

五月，天真的利布舍给当局写了一封天真的信，我将努力为捷克斯洛伐克的经济做贡献。六月，国家管理人员的任命下达了，是利布舍以前的一个雇员。

七月初，凌晨四点，他们的庄园莫名遭到武装部队，准确说是捷克游击队的突袭。利布舍的儿子门牙上中了一枪，在血泊里躺着，此后她再也没见过他。但她还见到了一次利布舍，在他被带到了遥远的集中营之前。他们朝老利布舍的脑袋上面开了几枪，然后用钢棍打他的胳膊。他们用靴子踢他，他只能用红肿的胳膊抱住自己的身体，直到这群波希米亚人玩够了。

为什么不把故事讲短点，我花白的头发忍不住生气。我不想听细节。

"像踢我一样。"

"是的，像踢你那样的，踢了他。"

机关枪

顶部雕刻的橡木衣橱里,他们朝着发白的蓝裙子射击。强奸了她。用机关枪。

我忍住不像马一样嘶鸣。花袖套沉默了。她感到耻辱和罪恶,受害者总是如此作想。罪魁祸首却从来不会。我想大笑。我能否翻过太阳的墙壁,越过薄薄的边界,来到满是疯子的世界,靠在纸墙上?被摩擦升温的寒冷金属强奸,对我来说可笑极了。但我并不吃惊,已经没有什么能让我吃惊。我毫不惊讶,即便我根本不理解。这想法让我痴笑起来,让我忍俊不禁地拍着大腿。自从我拽着自己离开那里后,我一直希望有机会能泪流满面地哈哈大笑。我用舌头牙齿和嘴唇堵住了瀑布,熄灭了我笑声的火种。

我转过脸,面朝墙壁。

我躺着,眼前闪过一幕幕。弗拉会鼓起肚子,怀孕,生下一个小机枪,生出一屋子冷冰冰的小机枪,他们像金属蛇一样从她的身体里爬出去。只有在我们的手中和她的乳房前才会安静,闪亮的弹药从他们身上掉落。我们可以用她的后代来武装自己,用我们手中哇哇乱叫的孩子保护自己。快快睡,小宝贝。然后我会和最强大的枪支肩并肩站在一起。扛在肩上的枪长大了,忽然变成了少年。我会面对他们青春期易爆易怒的症状。

我笑出了声。弗拉以为我在哭,拍了拍我的肩膀。

她平静地接受了自己的命运。她知道自己犯了什么罪。她没有抵抗过纳粹,她一向看不起波希米亚人。她跟随丈夫加入了亨勒因①支持纳粹的党派。她参加了迎接希特勒的狂欢会,她说她当时并不愿意去。但我呢?我有什么罪?如果是她把我的家人送到了东边呢?如果她就是那个戴帽子的女人,那个在我们离开特热比奇时,在广场上大吐口水高声叫喊的女人呢?如果她是在补偿我呢?

我想着她的过往。

抽搐的笑声忽然出现,又突然消失。

"我想回家。离开这里。这就是我的目标。"

肩膀上的抚摸停止了。她醒目的大鼻子的鼻尖轻轻挨着我的。纯洁的爱斯基摩的吻。她肿胀的眼袋里棕色瞳孔盯着我的双眼,笑声静止的地方。她早就忘了自己急迫的问题。她握住我的手指头。我们躺在那里,可笑的一对,像恋人一样握着彼此。我在拥抱昨天的敌人。

我必须提醒她保护她。闸门打破了。我给她讲我这次回来的经历,讲我从那里离开后的一切转变。我蜕去了稚嫩的表皮,换上了被屈辱和羞耻包围的皮肤,它欺骗我,让我相信我知道自己的罪过。我多么怀念和罗莎尔卡在那里度过的每一个夜晚啊。

我被自己的叙述绊倒。

弗拉睁大眼睛,把故事收进眼袋里,像是蜜蜂折断的腿继续载负着黄色的花粉。她的眼袋鼓起,总有一天,这层肿胀的膜会遮住全部的视线。大脑会帮助陷在黄色袋子里的眼睛摸索着整理着并穿过障

---

① 康纳德·亨勒因(1898—1945),出生于捷克斯洛伐克的苏台德地区的德裔人,参加了党卫军和纳粹党。

碍,去往儿童高脚椅所在的棚子……

花袖套听着,却什么都没有听见。不,我的故事没有得到优先权,在那个拥挤的眼睛里并没有得到一席之地。她的眼睛在我脸上游走。世界上没有任何语言能帮助我们交流。我无法传达的故事让她不耐烦地问了下一个问题。

"为什么你不留在给犹太家庭住的集中营里?和你的哥哥一起?你们住得又不差,我看过电影。"

"您说什么?"

"你为什么不留在波兰?"

我厌恶地拉开距离。这个卑鄙的女人,这个可悲的女用人相信,那些大吼大叫的胡子们给我们建造了一个舒适的假日集中营。她看不起我,因为反对她所谓的在东边生活的幸福和特权。她看不起我,因为我忘恩负义,是个可恶的犹太人。她看不起我。尽管她不会承认。

我不再说话。我在那里伤痕累累。无法名状的创伤。

我为什么要吃惊呢?当夜幕降临时,他们抵达了营地,成千上万的人乖乖站在那里。他们看见一辆卡车,上面载满了瘦削的尸体,整齐地堆叠在一起。他们只能微弱地哀鸣。他们只花了几秒钟就发现了那个地方的真相,却只知道哀泣。他们不相信,不相信自己的眼睛。他们的大脑还没准备好接受眼前这一切。他们满足地走进了毒气室。

"你睡一会儿吧。"

甲虫爬到了下面的床铺,好让我们明天上路前能休息一会儿。油腻的头又一次出现,手上拿着蓝色花纹的破布,湿漉漉的。她用两条冰冷的蓝花碎布包裹住我的脚趾,我肿胀疼痛的脚趾。

她什么都不明白。她以为明天的旅途会让她自由。尽管她在德国没有亲人，连认识的人都没有。

如果她消失了，连狗都不会在意。没人会管她的死活。

她放下湿布。破布很暖和，她的皮肤上却起了鸡皮疙瘩。

原本沉睡的头痛现在又一点点地加重。它热了热身，然后跪在起跑器上等待。这是一场接力赛，一波接着一波。它把对手撞到轨道边上，头部肿胀。冲撞中出现了裁判熟悉的声音。我尽力分辨它是什么。一声低沉的怒吼。营地指挥官的声音。

我多想明天能不去那里。这希望也许过于渺茫，但我的脚裹在湿布里努力朝它走去。

优美的独奏

我又一次把我短暂的生命揉碎成词语。千百年来它都如此短暂。我没有什么可失去的。几个小时后，行程就要开始了。我会加入他们，没人会注意一张张具体的脸。我会成为人群中的一个，吉塔·劳希曼诺娃失去了意义。我会成为一个号码，我还有一只小臂是纯洁的，上面什么都没有写。我疼痛的脚能带我走多远？

我想躲进门旁边的建筑。我拖着我蓝色的破布，撕下来的袖子快要解开了。有一边缠在厕所角落的钉子上，我摆摆陷阱里的腿，没有用。四肢着地，我追逐着一朵朵花。最后一枝勿忘我被踩踏，被一只重重的靴子踩踏。

一对舞伴抓住我。

甜蜜的双人舞，我被男人抓入圈中，尖叫。我清楚地记得舞步和顺序，他们在那里和男孩的母亲跳舞，奥特拉阿姨冷漠地藏在地下室的那个男孩。当男孩迷茫地蹲坐在城里的煤堆上时，他的母亲在集中营里忍受着痢疾。几分钟后，组长抓住她，把她的头撞向厕所，然后用冷水浇到她的身上，他掏出一把左轮手枪，射向她。我尖声叫喊，男舞伴旋转着，查尔斯顿的舞步落在我肚子上，双手则落在我的脸颊。我高声尖叫。这样的音乐需要一个不同的节奏。舞者加快了速度，我们一阵狂乱。他的搭档一边看一边扭动着臀部，穿着足尖鞋的芭蕾舞演员。我安静地尖叫。幸运的是，舞蹈大师们就在附近。舞者的脚步调整成四人舞独舞者曼妙的节奏，用最后一个舞步踢走了我。

那个指挥官本可以像踢狗一样对待我，把我的头按进马桶。但他没有。也不准别人这样。

他没从跳群舞的胡子兄弟那里学到多少。

他甚至没有嘲讽地问我，你为什么不愿意留在东边？他没有问，因为他知道。他知道集中营是什么。他知道，某些解决方案可能是最后的。我发出动物般的鸣叫，看着他检查我的证件。他翻页的间隙会舔下手指。他只对一件事感兴趣：我似乎还有什么亲戚。对了，哥哥！我脱口而出。我的哥哥安迪一定还活着，但我不知道他现在在哪里。布拉格的奥特拉阿姨，我妈妈的表姐。当我从那里离开时，她收留了我。我同她一起住在布拉格。但我想一个人回家。我告诉她我会及时联系她的。

舞者在外面跳起又落下，盯着行刑台，那个凹凸不平的舞池。我是舞蹈大师保护下的芭蕾独舞演员。像屠宰场被选中的牲畜。汗水慢慢地从我的喉咙滑落,肌肉的痉挛也渐渐消退。舞蹈大师没有问我任何问题。但我问了。像是已经发动的坦克,我没法中断它,也没法停止它。因为我找到了一种共同节奏下的语言。一个密码,有人愿意听的信号,至少在我们撞上南墙之前。只有达成长期协议的人才能交流。

"为什么……为什么我不能待在家里?"

他仍然在看我的文件。来来回回。他不知道该拿我怎么办。我像是一只在炎热午后绕着牛棚打转的苍蝇。但他没有拍走我。

"普克里茨的人们确信没有人会回来了,决定已经下发,他们将房产,铁匠铺,酿酒厂和淀粉厂收为国有了。"

"我和我的哥哥,我们回来了……我不要酒厂,也不要淀粉厂。我只要我的房间,我的床,衣服和书籍,我的瓷盘……我为什么不能留在家里?"

我尽力控制住自己不去用手抓着他的脖子,摇晃他。

"看清楚,小女孩,这没那么简单。你还小,无法理解这些事情。对于我们捷克人来说,你的父亲是德国线人。他侵犯了我们捷克的国家荣誉。所以民族委员会没收了他的所有资产。"

小女孩,我不是什么该死的小女孩,我稚嫩的外表下是一个苍老的女人。

"但为什么我父亲在奥斯威辛集中营被杀害?因为他是个犹太人,仅仅因为他是个犹太人?我在捷克学校上学,我是犹太民族,我有捷克斯洛伐克的公民身份。您可以看我的证件,我回来后他们重新发给我的,没有任何问题。奥特拉阿姨忙得团团转才拿到的……"

我稀里糊涂。知道得越多,我就越不明白。混乱蔓延着。

"我的哥哥安迪随时可能出现。他会解释一切，比我好得多。然后您会知道，我不属于任何一个集中营。我一直相信……圣母玛利亚……我属于这里……但……那个女人赶我过来。"

舞蹈大师不安地拨弄着我的文件。他把它们放回桌上，又拿起来，像拿着中国扇子一样。他终于做了决定。

"在真相大白之前，小女孩，我唯一可以做的，就是让你离开这里，让你回去。我会尽快联系你阿姨的。她是捷克人吗？"

"是的。"

"嗯，那等着吧。"

"那个……我觉得她是。"

他递给我一沓纸，此时此刻才终于睁开他重重遮蔽下浑浊疲惫的眼睛。

"我也只是个普通人。"

一列蚂蚁

我不必在黎明时航行，手握爬满蚂蚁的箱子和它肮脏的手柄。他履行了他的承诺。安迪必会涌泉相报。屠宰推迟了，脖子上的绞索已解开，绳子滑落到地上。但我仍然站在它的魔法圈内。他们何时拿起绳子，拉紧，只是时间问题。

我盯着手臂上的雀斑，蓝袖子消失不见了。花袖套提着黑色的包裹，角上有块三角形的硬片。包裹用针缝合得严严实实。她飞快地捏了捏我的手指，然后消失进黑暗中，走到集合点。我经历过这样的旅程，只有一些孤独的残骸能抵达目的地。在那里，再次被践踏。

左手中指的指腹一阵生疼。我躺在上面的床铺上，木片刺入了我的手指。我盯着蓝色裙子的轮廓。我追逐着她的身影，直到她消失在窗户后，直到帷幕落下，她走向了后台。我竭力支撑着身体，最后一眼只看到了左脚的皮鞋。我竟然没有倒下。鞋子离开地面，抬起，又落下，踏在一列蚂蚁上。花袖套变成了羽翼。鸟儿优雅地展开翅膀，叼着行李消失在云端。那么美丽。

我把僵硬的上半身拖回来，摸索着刺进皮肤的木片。

每当我们的手指扎入尖刺，大哭着跟在母亲身后，她就会给我们讲故事。童话故事，或者是蒙特克里斯托伯爵[①]的悬疑故事。她把针插进我们的皮肤，就在伯爵从监狱逃脱的那一刻，轻轻一拉，尖刺也跟着一块儿出来了。它还好奇是谁解救了它。妈妈在客厅给我们拔刺。在沙发上。她打开柜子最下面的抽屉，摸出一个椭圆形的盒子，上面装饰有精美的刺绣，盒盖里有几十个小格子。其中一个放着一堆针，母亲的针垫。

图像变暗，继而模糊。那个孕妇手里捏着一根针，递给花袖套，针尖越来越近，刺入我的中指。蓝色消失了，碎片没入的皮肤上，袖子变成了乳白色。手术刀直直插了进去。仿佛猪在砧板上被切成一份又一份。

尖刺延长，年轮逐渐增加，长进肉里，分裂，长成了皮肤里的荆棘冠。

呜咽如汞，疼痛一下一下挤压到头部。

---

① 即基度山伯爵。

空荡荡的营房满是新鲜的肉体。

秸秆地毯上的日光浴随着舞者的跳跃继续着。夜晚的丰收也在继续着。只是现在舞者被孤立了，她无法预测接下来的命运。不再有狂欢的盗贼，他们更加谨慎，至少在指挥官面前是如此。他们也不像以前那样一直打我，除了独舞者。这是老囚犯的特权。几张熟悉的面孔如今只出现在铁丝网后。我倒向某些比我弱小的人，他们准许我。我的特权在增长。

我被指挥官叫过去，坐在肮脏的窗户下一个摇摇晃晃的椅子上。窗户半开，夜色浓重。我坐在这里，和我空空如也的军用背包一起。等待着。

他一直不停地打电话，进来又出去。他的眼睛下面浮现出阴影，皮肤发暗，眉峰间蹙起两条纹路，深得似乎能放进稻草秆，五根，六根，甚至七根也不会掉出来。在凹槽里放入土壤，然后撒下种子，兴许都能生根发芽。我喜欢这个主意。短茎丁香和玫瑰，雏菊和罂粟。他会带着它们散步，一个玫瑰盛开的警察……

他在纸上写写画画。

我等待着。

门　边

窗户又打开了一点，刺骨的寒冷就窜了进来。我的身体比大脑先一步感觉到危险。我飞快地蹲下，慢慢地向白色的墙壁靠拢，脚底下的地板留下一路鲜血和黑色脚印的轨迹。我下沉得越来越低，仿佛被枪击中。灰泥黏在裙子和衬衫上。我躲在椅子后面，蜷缩成一个痛苦的球。但指挥官只是抬了抬眉。我低声说道：

"就是他，是他关了我。拉迪内克。就是他不让我回家。"

拉迪内克，老大哥伯雷德尼亚克，还有理发师克莱因，我仍能感受到他的手指在我鬓发上抚摸的触感。他们站在门边，就在不远处，热情友好地和一个戴着袖标手握步枪的人高声交谈着。

指挥官走出去，走向他们。

我垂下头。颈部发凉，像是猫窜过去后起了一身鸡皮疙瘩。我忍不住到窗户边偷看。词语潮水般涌来，像是一出收音机上传出断断续续的戏剧。我不必理解它的意思，我只需要破译语言的表达方式。

"……不见了。我以民族委员会刑事委员的名义向您问询，她是否在这里，或者是和队伍一起离开了这里。"

"我不认识这样的人。"

"您这儿有名单吗？"

"她到底是谁？"

"德国合作者的女儿，他压榨过这片地区专为自己谋利。"

"一旦发现这个名字，我会立刻通知你们。"

"我们在周边排查，有人说在附近见过她，但我们仍然没有找到。这完全是个麻烦事，我跟您说。好好干……"

男人们从门口走开，留下了三个烟圈，像三只盘旋的醉酒萤火虫。

军官回来了。

我的目光慢慢转向椅子上，但那三只醉酒的萤火虫仍残留在我的视线里。我双手抓着大腿。西瓜燃烧起来，里面填满了数以万计的羊毛，每一寸都又红又亮。我盯着军官的眼睛。

他坐着。睡眠不足，眼里布满血丝，刷子般的眼皮覆盖在眼睛上。他忽然开口：

"我们先等等。"

于是我在椅子坐了几个小时。一动不动。不吃不喝，又干又渴。我闻到土豆阴冷的味道。我等待着，等待他们将我的头裹进报纸，切掉，扔进垃圾桶。或者削皮，削掉我脸上的皮，直到露出骨头。军官在屋里跑来跑去，打电话，怒吼，发出指令。指挥着合唱团，训练着舞蹈演员。我没有动。我不想失去他的信任。

夜色稠密。电话响起。他拿起听筒下命令。

"起来。准备出发。"

僵坐了几个小时后，我全身发麻。头变成了粗糙的树桩。数万只蚂蚁在大腿小腿上游走，来来回回。

我站起来。

蚂蚁从空心的腿爬到蓝紫色的脚趾上。

军官十分暴躁。

"无论发生什么，保持安静，明白吗？"

我可以的，我知道如何保持沉默。他强壮的手臂抓住我，把我拉出去。他借给我一双破损的男鞋，我踩在脚上，在我们身后犁出两道沟壑。和他的双眼之间垂直的沟渠一样。他把我扔进一辆军用吉普车的后座，然后走回军营。

沉重的脚步声在皲裂的泥地上响起。独舞演员们跳着向车靠近。

"又一具尸体。他们简直像苍蝇一样，凶残地对待同类，但什么都得不到。"

"仔细检查过了吗？她身上还有个包，那些人可狡猾极了。"

我屏住呼吸，听见脉搏在跳动。舞者优雅的手摸到我的臀部，寻找着我冰冷的手指上看不见的指环。

"什么都没有。"

熟悉的大象的脚步声。

"怎么了，你们没有工作吗？"

"我们凌晨前可以把她带过去。和其他人一块。"

"不用了，去休息一下。我自己就行，正好我也要过去。我需要点新鲜空气。"

他们理解地笑了起来。是的，新鲜的空气。

"我会把她扔进桦树坑。"

"是啊，一根竹竿放在那里的确非常合适。"

军官发动引擎。我们穿过大门。我的身体被击打着。我是一块牛排，槌子下的肉。我们走了很长一段时间。一路黑暗。没有指引。没有月亮，也没有星星。道路旁没有树木，更没有伸向我的枝枝叶叶。

无尽的旅程。我的身体早已千疮百孔，爬过无数的蚂蚁。

军官的脸出现在我眼前，在火车站柔和的灯光下变得模糊不清。这是我最后一次见到他。他像海浪一样逐渐消失。

哐哐当当的火车停下，我躺在温柔的腿上。白色的大腿在黑色的裙子下，黑色的衬衫在鼓起的肚子上，脖颈处还镶着三颗纽扣。

"我想回家，想把一切恢复成原样。但我没有做到。"

我向奥特拉阿姨道歉。我满怀歉意，我曾徒劳地为逝去的时间哭泣。我依偎在她的怀里，在保护壳中终于睡去。

她左手抚摸着我的额头，透过车窗看着来来往往的人群。她看着自己的眼睛，笑容苦涩。

第二次归来

（二〇〇五年夏）

咬紧时间

劳希曼诺娃医生扔掉墨水笔，笔顺势滚到地上。

右手握成拳，放在左手下。她小心翼翼地站起来，摇摇晃晃地走到浴室。蓝色笔记本的白纸上写了三分之一，有三滴鲜血落在上面。

她走回来，站到窗前，对着窗户微笑。她沉浸在回忆里，仿佛那些过去都发生于此时此地。十六岁的吉塔不安地曾经重现在六十六岁的女人的笔下。

有什么分别吗？

她回忆着去往普克里茨的行程。她忘记了所有快乐的瞬间。那些被标记的，那些肮脏的瞬间。她挑出刺进皮肤的针，她用言语描述那些针，反复咀嚼，然后吐进垃圾桶。遥远的过去完完整整，不那么遥远则支离破碎，当下却已分崩离析。现实易碎的砖墙无法独立支撑，必须请求他者的帮助。

劳希曼诺娃夫人凝视着窗外。人行道上站着弱不禁风的克拉默娃，她身材娇小，和她年龄相仿。她在对面的剧院工作，现在正与一个衣着古怪的女人分别。接着，克拉默娃抬头看向窗户。她们举起手，互相打招呼。

我曾经的病人，劳希曼诺娃女士想起来了。

她低下头，心中一阵感激。这个城市如此美好，满是未知的空间。她脑海里只有普克里茨的印记，但这里的生活明亮而充实。难道不是一直都这样吗？但在她心中这块干净的布上，永远有一点在刺痛。针尖上是名叫普克里茨的毒。她总是不断地想起，徒劳地忘记。她望向老城的建筑，那里灯光通明。

如此美妙的夏夜，电车叮铃铃地驶过，让她愈发迷人。她敞开窗户，拉开帘子，让风吹进来。

劳希曼诺娃夫人回到一页页的纸张前。又一次，她站在手术台上，切开信封的表皮，好像切开粉红色的女性生殖器。

信件写于二〇〇五年。她的父母得到了平反。

如此美丽的泡沫般的夏日清晨。电车叮铃铃地缓缓驶过。

她坐上一辆深绿色的高档汽车，随行的还有孙女芭芭拉和一名律师。芭芭拉在参加暑期实习，是个认真细致的法学院学生。汽车一路轰鸣，劳希曼诺娃坐在前排随着车身颠簸，沉默地驶向命运的村庄。好像从天而降的大型食肉动物。

没有任何警告。

遵照劳希曼诺娃女士的口头请求，他们在某个地方停了车。一条满是灰尘的土路，上面是绿绿红红的樱桃树冠。律师戴上太阳镜，看向太阳，确认那夏日的硕果不会掉落在他贵得要命的车顶上。

他们从金属船中走下来。

神秘的芳香淫秽地交融着，噼啪作响。时间静止了，一动不动地蜷缩在天际。刚刚割剪过的青草味道漫入鼻子、漫入身体的所有毛孔。野花的味道浓烈而平静，渗入骨髓，唤醒回忆，用沉重的链条锁住它的俘虏。那些回忆是劳希曼诺娃夫人永远的束缚。即便如此炎热，寒冷的金属也让她悄然颤栗。

罪行调查与档案办公室宣布，执行财产没收的论证和决定是故意扭曲的。鲁道夫·劳希曼和他的妻子乌尔里克得到平反。当局确认，他们不是合谋者，也不是德国人。

他们是捷克斯洛伐克的普通公民。

捕食者

我没有笑，没有，只是……

只是此刻律师正绷着脸，用两只指甲光亮的手指拈起掉在车顶上的樱桃，厌恶地扔在一旁。此刻芭芭拉弯腰捡起一颗血红的樱桃，放进嘴里，咀嚼鲜嫩的汁水，最后吐出果核。律师抱怨着，为什么我们要在这个该死的地方停车。这些话穿过我的耳朵，像飞出去的毒刺一样，亲吻我的屁股吧。或者换个说法，亲吻你的屁股吧。

我不确定我指的是谁。谁的白屁股。我的视线仿佛穿过樱桃树深绿色的树叶，看向所有人的眼睛，他们……

欣喜若狂时张开双臂是多么怡然自得啊。笑容噙在嘴角。亲吻你的屁股吧。

我即将回到那些人中间。那些脑袋里塞满了黏稠黄油的人。炎热的夏季融化了它们，到处都弄得一团糟。

空气闷热，到处都是无精打采的样子。如同往常。一遍又一遍。从夏天到夏天。谁还会吃惊，谁还会欢喜，谁还会被触动？夏日只有单调的绿色，泥土干涸，视野清晰。每年我都把思绪沉浸在夏日的阳光里。穿成串，翻烤它们。热空气让颜色愈发消退，愈发明显。与普克里茨稍纵即逝的接触提醒着我舌头下的钩。鱼钩的线那么长。

我的父亲，鲁道夫·劳希曼，得到了平反。我的母亲，乌尔里克·劳希曼诺娃，得到了平反。法律程序的最后一行，花了这么多年才被写下。周五有场调解会，我先过来视察下。

现在，我终于可以了。

会客室的窗户后原本有台钢琴，罗莎尔卡在那里弹过她讨厌的练习曲。那里现在堆了一个金字塔。咖啡、可可、茶和装着三角形奶酪的圆形包装堆成的金字塔。最上面摆着百事可乐。

本地商铺。里面乱糟糟的，像堆在我脑海里百感交集的情绪。商店很小，橱窗里可怜地摆放着一个灰不溜秋的瓶子，像王冠一样。曾经闪闪发亮的扶手裂开了，金属手柄上的艺术装饰品早已不见，只剩下胶水一样的玩意和一个邮箱。大门的蛇形手柄也没有了，我过不去，高高的栅栏横亘在中间。

冷静点。要坚定。不要遗憾。不要为失去的时间哭泣。

但我的幼年未经同意就摇摇晃晃地爬出了窗户。它掐住我的脖子，仿佛我从褪色的盒子里拿出可可粉直接吞咽下般难受。包装袋上是一个戴着白色尖顶帽的荷兰小姐。我被灰尘和刺鼻的烟雾窒息，眼里满是怀念的泪水。

一切都一去不复返了。

我与人相处似乎总有好运气。在人生中最重要的这个地方。这个地方一直囚禁着我,永远都是。

我知道是谁从盒子里放出了愤怒的精灵。他们被纳粹的苔藓玷污,却对此毫无知觉。他们被地狱玷污,在那里纳粹理应得到惩罚(本来也没什么道理可言)。但为什么要惩罚我?

为什么一次又一次地惩罚我?我是从地狱里走出来的人。

我被赶出了地狱。

我一直无法停止设想,也许战后那第一个夏天,我不该听从那个怀孕的女人的话,不该离开那里。拉迪内克不会把我留在谷仓里,第二天晚上他就会放了我。

我应该在谷仓里坚持一会儿。在稻草上再坚持一天,坚持一天接近蛛网,坚持一天即便膨胀。先前的情绪和精神就会醒过来,然后坚持下去。

我的生活也许会是另一番模样。

我像灰姑娘一样收回假想。我忘记芭芭拉和律师倚着车站在太阳下。律师摘下墨镜,用一根手指触摸着女孩的脸和她新月般的红唇。树叶停止呢喃,风屏住了呼吸。

我必须保持冷静,停止胡思乱想。我必须清醒地记住我为什么在这里。老化的骨头必须派上用场。

我走进去,头顶响起尖锐的铃声。丧钟为我而鸣。柜台后站着一个笨拙疲惫的女人,细软黝黑的头发梳成马尾,扎在红色的皮筋里。

她一直没有理会我,一直没有。

　　她只是倚着柜台好奇地打量我。越过百事可乐,透过橱窗,看向外面的广场。深绿色汽车在广场上扬起灰尘。芭芭拉和律师热得受不了,游泳去了。他们没来这里带走我。

　　我不知道该买些什么。旋转支架上摆放着明信片和杂志,我挑了一张格外宽的明信片。普克里茨的风景照。被上帝遗忘的乡村分割成一个个景象。售货员拒绝给我一个信封,即便它包含在价格内。

　　"写是那么写着,但我们这儿真没有。"

　　亲吻吧,女孩。你可别想着抓住我。我这一生都在摸索别人的身体。就为了找到并挖出钩住他们的地方。我只能碰那些僵硬的人体。麻痹的身体。一动不动,无法躲避我的爪子。我依然害怕触碰那些活生生的人。我顽固而疯狂地把自己拽入病症。我如此对待自己,对待自己易碎的骄傲,对待自己极速膨胀的脑袋。也许我只是害怕,害怕他们打开我,挖出里面的我。亲吻吧,你这头倔强的牛。

　　"还要什么吗?"

　　"可可,谢谢。"

　　我付完钱,把钱包塞回口袋。但我没动。眉毛小心翼翼地拱起,弯成惊讶的弧线。

　　"还要什么吗?"

　　"您在这所房子里,夫人……"

　　"小姐。"

　　"小姐,您也在这所房子里住着吗?"

　　"没错。怎么了?"

　　"我能不能去里面看看?"

"里面？为什么？里面不可以。外面是商店，里面是私人住宅。"

"只站走廊上可以吗？"

"为什么？"

她的眉毛蹙得更深，鸟儿警惕地张开了翅膀。

"我是劳希曼诺娃医生，小女孩。这间屋子曾属于我家，在他们偷走以前。他们卑鄙地偷走了它。"

售货员用眉毛拱出厌恶的表情，然后吐出新鲜的鄙视。

我抬起头，离开。

多么美丽啊。一阵清风吹来，一点都不热。尽管太阳仍旧高悬。

熔化的熔岩

丹尼斯砰的一声关上办公室的门，从护士纤柔的手中接过听筒，耸起肩膀，歪着头，把听筒夹在中间。双手解放出来，伸向两边，上身弯向一侧，再弯向另一侧。

"嗨，娜塔莎。怎么了，我在工作。——谁？——劳希曼诺娃？——在你店里？——信？——律师哪来的？——所有东西，包括商店？"

丹尼斯愣住，动弹不得。

"为什么她不带着信去法庭？——拉迪斯拉夫怎么说？——好吧。——她怎么跟你说的？——你……做得对。——嗯，她定的什么时候？——周五我会去，我会找人换班。冷静点。我去看看我们能做什么。我们还有四天，拜托，不要尖叫，总能做点什么的。——去弄清楚她的具体地址，出生日期，还有身份证号。越快越好。"

娜塔莎放下听筒，回到店里。

娜塔莎仿佛失聪般跌跌撞撞地走着，奇奇怪怪的嗡鸣声在她的耳边一直不停歇。她听不到词语的开头和结尾，她不停道歉，跑回窗帘后面，躲在桌子下。深呼吸。煮水准备冲咖啡。嗡嗡声减弱，退潮而至消失。要集中精神。她站起来，捋捋裙子，理了理白色的衣领。她试图忘记痛苦的肿胀的脚踝。回到店里，微笑着。

"抱歉，黛尔巴娃女士，您想要什么来着？"

"粗制方糖，大米，一瓶蛋黄酱，盐，酵母，一块埃丹奶酪①，包起来。"

娜塔莎像只工蜂一样，周围的人贪婪地等着她的货物。如非他们之间的柜台，那个保护带，或许他们会带走一切能带走的，强行抢走，像蝗虫过境。

"还要别的吗？今天上午来了些非常棒的甜品。"

"呵呵，丫头，我可没有多余的钱随便扔，不像某些人。"

黛尔巴娃手上拿着一个破旧的钱包，凑到娜塔莎跟前。

"克莱因的孙女儿，玛利家的那个，每个星期都买包装袋里的蛋糕，自己从来不烤。"

她挑战地望着娜塔莎，老人的味道——酸腐白菜的味道也一并抵达娜塔莎的面前。

"嗯，黛尔巴娃女士，来的人有点多，我怕会忘记他们都买了什么东西……"

---

① 原产荷兰 Edam 小镇的著名奶酪品牌。

"好吧,我会自己搞明白的。"

黛尔巴娃女士的声音变得僵硬。

"我要给你多少钱?"

哨声响个不停。

"不好意思,我马上回来。"

"工作时给自己煮一杯咖啡是应该的。我在农场里完全没有时间。不过我以前倒是在市政局里喝过。"

周一的顾客们如饥饿蛇一般,娜塔莎一边给他们计算费用,一边看着窗外的黛尔巴娃女士。黛尔巴娃女士和邮递员交谈着,好几次转身看向杂货店。黛尔巴娃女士挥舞着手臂,邮递员重重地点点头,她的胳膊肘靠在蓝色的自行车架上,屁股朝着教堂的方向。

她们一定在说我是个吸血鬼,指责我又提高了价格。她的胳膊肘不下心碰到一袋扁豆,扁豆落到地上,嘎嘎作响。它们在脚下裂开。娜塔莎轻轻叹了叹气。

"多么可怕的一天。"

我绕过农舍,走过装修中的酒厂、原先的淀粉厂和附属车间。人们好奇地看着我,友好地同我打招呼。我也微笑地应答他们。

他们不知道我是谁。

我经过我们的别墅,如今它被铜墙铁壁包围着。我徒劳地按铃,徒劳宣称老年妇女手中的长柄勺属于我。窗帘拉下,楼上的纱窗飘动着。

我冒出了一身汗,决定去教堂避避暑。灼热的光线倾泻在空无人烟的教堂里。我坐在忏悔室里,没有光线进得来。我擦了擦眼镜,看着我的手,什么都没有想。

如此平静地归来。

天使的钟鸣声将我唤醒,接着传来一声不耐烦的号角。

我走出去,走进熔岩的黄色。我看到了第一张熟悉的脸,她的母亲是助产士。那个人把我带到这个世界,勇敢地把洋葱放到我的手掌上。

"所有东西都得进垃圾箱。"

最后一位顾客离开。娜塔莎把扁豆扫进簸箕,艰难地站起来。她的眼睛紧盯着广场的一幕场景,人却躲在店铺展窗的框架后。

她紧张地垂下手。一颗颗棕色的小纽扣再此落下,落到油地毡上,到处都是。

邮差站得更直了。黛尔巴娃继续老样子般挥动着手臂,装东西的网兜夹在腿间。她们在为一个瘦削但优雅的、戴着眼镜的老妇人表演。一个穿着深蓝色夏日裙装的老妇人,脚下踩着高帮的意大利凉鞋,包里刚刚塞进了可可和明信片。她们甚至还笑了起来!是的,她们笑了,在一个外来人面前。而那个人想要娜塔莎头顶的屋檐,乃至她的生活。她和她们握手,又拥抱了黛尔巴娃,然后走向不远处那个年轻的姑娘和戴着黑色墨镜的男孩。她们俩怎么不屈膝行礼呢?

娜塔莎愤怒地把簸箕和扫帚扔到地板上,对着一个想要冰淇淋的小女孩大吼。

"关门了,一个小时后再来。"

她猛地关上门。右腿滑倒,像穿着溜冰鞋。娜塔莎坐在地上,扁豆散落在她的屁股下。娜塔莎终于平静下来,站起身看向广场,那里一个人都没有了。一切仿佛都只是幻境，只是魔幻，为了让她更加痛苦而已。负担过重，她已无力承受。娜塔莎哭了。她机械地把一颗扁豆放进嘴里，吞下去。

伴着一口温热的百事可乐吞下去。

冰　裂

四天过去了。

我挺直身体，坐在车上。胜利的时刻即将来到。很快，我就可以伸出食指和中指，比一个大大的天鹅绒般的 V。我在想，哪里可以修建农业博物馆，用以提醒人们记住那些旧日的时光。

我要把所有东西都留给它。

这将是一个多么伟大的时刻啊！整个普克里茨都会屏住呼吸。我怎么会想要那些旧家具的残留物呢？怎么会想要重新修建房子呢？那纯粹是自虐行为。我想要的是另一种纪念碑。

一辆红色的日本车在轰鸣声中追上我们，扬起一路灰尘。

地方议会办公室。我们坐在一张方桌边上。桌面成窄条状，像推土机驶过留下的蛇形。桌子中央摆放着一个玻璃材质的矮小的花瓶，里面插着几朵满是灰尘的明黄色塑料水仙花。我们带着自己改装过后的"拳击队"。谁的眼睛之下的皮肤会破碎呢？

我很冷静。这一次不会是我。

我们三对三地坐着，握了握手，胳膊肘固定在灰色的桌布上，衡量着彼此的力量。一次次原谅了人生的我，头发盘起看上去有点古板的外孙女芭芭拉，还有一个律师。律师把名牌太阳镜放进更加名牌的金属盒中，外套随意地挂在椅背一角。

拉迪斯拉夫·斯多拉什的小儿子闪烁不定的棕色眼睛正对着我的脸。他的父亲曾给我打过一个幸运马蹄，然后又任我濒临死亡。他继承了他父亲的议会长职位，也继承了他父亲高高瘦瘦的身材，也因此让头发变得花白。芭芭拉的对面坐着……没错，就是他，女人肚子里的那个：小斯多拉什的表弟丹尼斯。他在布拉格当医生，骨科医生。他的母亲，如今仍在我们的桌边吃饭。当他还在羊水里游泳时，当他还连在脐带上时，他的母亲喂给我湿软的面包。他的母亲说自己不认识我。他进来时和我们打了声招呼，问了问我的职业。他没有直视我的眼睛，也没有和我握手。如此懒洋洋的会面，如此无精打采地进行着。

律师对面的椅子往后拖动了下，那里坐着克莱因，永远的理发师。时间没有在他身上留下痕迹，他染过的头发看起来极为摩登，身上的男士香水味比以前浓烈得多。他吻了吻芭芭拉的手，开口说道：

"我喜欢檀香的气味，但它并不适合我，太轻浮了点。"

两位市议会的代表应邀而来，面朝我们靠墙站立。他们站着，守护着男子三人组的后背。其中一个红发男人的脸胖乎乎的，穿着不合季节的法兰绒格子衬衫，袖口被仔细地卷起。另一个男人微笑着，身着红色背心，露出胸口健壮的肱二头肌。两个年轻人。不自在的年轻人。坐立不安的年轻人。汗水流淌着，刺痛皮肤。他们害怕自己的巢穴，里面满是电视屏幕和抛光家具。

有趣的是，十几年之后，人们怀疑的盗贼对象竟然悄悄变成了我，一个被抢劫的人的身上，记得真相的人正在死去，只剩下贪婪的老女巫掠劫的传说。

但是，孩子，被他人身体侵染过的污浊腐臭的房子，我已经不想要回来了。这个我早就告诉过你。我说了，孩子，我不打算要回自己的财产。但我不会把它摆到台面上。作为交换，难道不该你试一试挣扎在不确定的惶惑之中吗？我想要的，是在广场上建一个纪念碑。纪念我父亲的纪念碑。这是我的目标，一切尽在我的掌控之中。我感到了一种成就感。

律师准备充分。在他红色的脸上扯了一个凶狠的微笑。

"我们不能输，医生。这次会面没什么必要。"

他期待着尽早分配丰厚的牺牲品。可是孩子，我不打算要回我的财产。

村子地方议会的办公室里坐了八个人，但周围似乎还有更多看不见的人，我感觉到了。两边都是。

那么拥挤。

我享受着自己的优越地位。突然一下子，就变得如此的简单了。年轻的女秘书指甲修长，她是议长助理（她立即纠正我）。她不停吐舌头，在我们之间拖着脚走来走去，端给我们又香又浓的咖啡。她把光亮的白瓷杯放在我的面前时，一些黑色的液体溅到了托盘上。液体凝固，变成粗糙的颗粒，这些粪便接着被放进生锈的手推车中。这让我想起融雪后泥泞的布拉格。那乌黑肮脏的街道。

太阳在窗户后面闪闪发亮。

律师发言。没错，这一次会非常简单。但我并未感到狂热的自负。我把深蓝色的皮革手袋放在膝盖上，不自觉地摸着眼镜。天，长久地沉默着，等待那一场惊天动地的雨。我不想听法律上琐碎的细节，也不想听那些一段一段的文章。我在想象中已经走到了下一步。

我要在广场上建一个纪念碑缅怀我的父亲。我想实现他农业博物馆的愿望，我会在这片土地的谷仓里找到足够多的展品。

小斯多拉什，他拿着镰刀的女孩也长大了，她在选择合适的刀刃嵌在手柄上。他紧盯着我的眼睛。幸好凸面的镜片保护着我，不然这个轻蔑的眼神一定会烧掉我的眼珠。几秒钟一眨不眨，嫉恨的利刺一刻也不曾消退。是的，穿着牛仔马球衬衫和白色裤子的小斯多拉什看上去一脸平静。奇怪的平静。他的眼里只有蔑视，没有歉疚。嘲弄。没错，嘲弄隐藏在他的眼角。他不再看我，转而看向身前黑色的活页夹，抚摸它们。这让我忍不住紧张起来。毕竟，他是他父亲的儿子。后人总会无条件地继承所有遗产。我移到椅子的边缘，挺直了背，把那个弄脏的杯子移向我自己。

他仍旧那么平静。

轮到他开口说话了，他走进环中。

敏捷地晃动

娜塔莎在柜台后走来走去搬啤酒箱，啤酒瓶撞在一起发出清脆的声响。今天是星期五，人们期待着周末，兴高采烈地往背包里装满了东西。娜塔莎把几条面包放在柜台下，面包只够供给本地人，但她准备了许多的扁豆。购买一百克朗以上就可以换取一袋乒乓作响的扁豆，足够做一碗扁豆汤。娜塔莎穿着她最漂亮的一条裙子，汉娜·玛拉给她挽了个圆发髻。布拉格来的老奶奶是不会想到这种发式的。她特别想锁了门，悄悄走到议会办公室打开的窗户下。但生意人就得做生意。

汉娜·玛拉走进来，绕过人群，消失在娜塔莎身后的帘幕里。然后穿了一件无袖的白色围裙走出来。

"我来帮你。这样时间也好混一点。正好我们可以聊聊我们那个臭小子。你哥哥来了吗？"

"来了。"

"那就好。"

"您给我们讲的劳希曼诺娃女士行为端正一切正常，菲舍尔博士。但我们也有自己的消息来源，跟您描述的非常不一样。她的父亲是一名纳粹，为此他接受了惩罚。"

"我重申一次，劳希曼诺娃女士的父亲在集中营去世。他是捷克斯洛伐克的一名合法公民。我已经说过，没收他的财产是非法的，他的继承人有权得到赔偿并收回所有被非法没收的财产。"

汗衫和它白色的滚边一起从墙上剥离。

"好吧，但这不能掩盖他的纳粹身份。只要有助于战争，他们可以随意指认某个犹太人是高等的雅利安人。没错吧，拉多？"

被询问的绒布衬衫矮胖的脸看起来像只煮熟的螃蟹，在饱含激情的赞同中点点头。周遭的空气变得潮湿，没人告诉这些好奇的年轻人，这是在庆祝我的凯旋归来吗？

"每个人都这么说，马利先生当时也在场，他知道的。那个男人跟他们合作，不能因为他死在了集中营就无视这一点。不能够的，对吧？无视它？我可不这么认为。"

穿法兰绒的那个人被自己绑在了语言的纽结上。一个事实不能排除另一个事实，一个谎言不能拆穿另一个谎言。他们根本没有听我的律师在说什么，或许他们只是无法理解。又或许，他们迷失在另一个时空里。我的律师不甘落于下风。

"你们有权决定自己的情绪、印象和主观意见，但法律公文表述得清楚明了。请允许我提醒你们，我们来这里是为了讨论由政府部门盖章定论的事实。在判决如此明确的情况下，我无法理解为什么劳希曼诺娃女士，一个错误决定的受害者愿意怀着善意在法律程序开始前与你们会面。她不想——"

汗衫下隆起的肌肉再次将自己剥离于冰冷的墙面。

"就像你说的，斯多拉什的家人没有把她父母遗留在安全柜里的皮毛和金子还给劳希曼诺娃女士。但他们冒着极大的风险在战争期间保存了它们，为什么必须得还回去？"

绒布衬衫勇敢地添上一句补注。

"我当时虽然不在那里，但他们说他讲德语，这个……嗯……不能无视的吧？"

"您所谓的他到底指谁，请明确点。"

"当然是老劳希曼。"

松开的环

现在轮到芭芭拉戴上拳击手套了。她爬上绳索，低下头。她的话语也将在赛场上参加战斗。她表情变得尖刻，眼睛因为轻蔑泛着红光。

"在我们面前——尤其是在劳希曼诺娃女士面前——好好表现，对你们来说是有好处的。她慷慨大方地发起这次会议。她本可以收回所有的财产，并立刻将你们驱逐到街道上。就目前情况来看，你们是非法闯入他人住宅的盗贼，数十年成功地鸠占鹊巢。"

她满意地朝律师眨了眨眼，然后厌恶地看了眼法兰绒。

"只有知道事实如何的人才能开口，但这不排除，你们中似乎藏了些别的人。"

在法兰绒张开他油腻的嘴唇前，斯多拉什说话了。

"关于今天谁才是那个慷慨的人，这位小姐，或者这位年轻的女士，我们可能得认真地讨论一下。我跟您不一样，我非常清楚自己在说什么。我也愿意和您分享我知道的一切。"

他继承了他父亲对戏剧性停顿的爱好。他任由沉默蔓延，然后把目光转向律师。

"您可能不知道您代表的是谁。"

又一次暂停。

"议长先生，基于您的利益和所有普克里茨人民共同的利益，我们同意解决方案的一部分可行的协定，我们愿意尽快地把财产分步返还给您，首先是那些不会让您……痛苦的财产。我说完了，其他的不予考虑。"

斯多拉什把全部重量压在椅背上，享受着挥动前的时刻。

"劳希曼诺娃女士，您满怀诚意代表的这位女士，在精神病院待过许多年。您应该知道吧。或者不知道？在疯人院。在精神病院。因此我们可以肯定，或者说，至少有充分的理由怀疑，她能否要求索赔。为什么劳希曼诺娃女士今天没有开口说话？为什么只有其他人在说话？她能否正常思考和交谈？她能说话吗？"

法兰绒衬衫移动了。

"就算可以，也不能排除……"

骚动的嗡嗡声在环周围响起。脏衣服撞上了洗衣盆。对手一拳打在腰下。是否致命取决于我。

芭芭拉反击了。她朝着斯多拉什愤怒地叫喊，提醒他，是谁制定了比赛的规则。她每说一句话，就离开椅子一点。她的手臂挥舞到水仙花上，球形花瓶也因此摇摇晃晃，接着在一声巨响中恢复直立。她全身都压在桌子上，冲着斯多拉什的脸鄙夷地啐了口唾沫。斯多拉什仍旧坐着，手搁在仿若白色水管的大腿上。他的脸上露出娱乐的表情，即使身下的椅子摇晃不定。

芭芭拉站直身体。一朵塑料水仙花勾在她的衬衫纽扣上。她拽下花茎，扔在地上，粉红色的花朵也一并飘落，但一瓣锯齿的花瓣落在她的胸口。芭芭拉恼羞成怒，要求我和律师离开这里。沉闷的反复修辞过的会议终于结束了。

"我们会再次见到被告，不过是在法庭上。很不幸，由于被告不接受部分协议，庭外调解未能达成一致。早日再见，先生们。"

他起身，站在我的身后。芭芭拉决定和他一同离开这个环，任由这个环继续喋喋不休。

我仍旧坐在椅子上。一个对五个。其中四个在低声交谈，丹尼斯也被排除在外，在沉默中与我联结起来。我感受到了，他是个心怀同情的观察者。

我的记忆里储存了一切与时间逆行的事物。而今天，我要在这些证人的面前吞下它们，多么好的见证人啊！倒数第二个的炼狱，到最后,只会留下在那里的记忆。他们甚至会清除掉我的存储卡。

所以,今天腰下的打击不是致命的。

垂老的狮子

帘幕之后,娜塔莎抖出畚箕上的棕色豆子,一袋一袋分装好。免费的东西总是销得很快。周末下乡来的游客们想要新鲜面包,汉娜·玛拉成功地辨认出他们。黛尔巴娃走到柜台的另一边,娜塔莎站在她的前面给扁豆称重。

"多么美好的周六啊,黛尔巴娃女士,您过得怎么样?"

"我赢了两袋,娜塔莎,只花了两百块钱!是这样吧,汉娜?"

娜塔莎又装了一袋扁豆推过去。

"那么,恭喜您,黛尔巴娃女士。再见。"

"我本来想问,你们知道对面办公室里在说什么吗?"

"不知道呢。他们还在里面,我们打算过去看看。"

"我跟你们一块儿去。"

"用不着。"

周一那次错误的握手让黛尔巴娃尴尬到了现在,邮递员也是。那个充满善意的手掌。邮递员的自行车上满载着自己的厌恶,厌恶流言蜚语,厌恶低廉的养老金。黛尔巴娃在成群结队的牛群之间挤了出来。

"我说了,姑娘们,我跟你们一块儿去。"

门铃响起,鼎鼎大名的艺术家欧耶茨基走进了商店。三个特洛伊女人张大了嘴巴,发出一声惊叹,瞬间忘记了外面的世界。

我不会认输。我是正确的那一方。

"没错,我是接受过治疗。你很惊讶?在你的父亲——拉迪内克——对我做出那样的事情后,而你父亲曾是个时常亲吻我父亲脸颊的男孩。"

律师扯住我的手肘,试图阻止我。

"我重申一次。劳希曼诺娃女士做出了巨大的努力。但既然对方没有达成一致的意愿,我们也没有必要继续留在这里。议长先生,您的评论不仅对我客户的私人生活造成了不当的干扰,某种程度上甚至是对我客户的侮辱,且与我们当前的案件毫无关联。"

他的手仍然拉着我。

"劳希曼诺娃女士,相信我,这纯粹是在浪费时间,没必要让境况恶化下去。"

斯多拉什终于动了。椅子响了最后一声,灰不溜秋的阿迪达斯运动鞋踏上了地板。短背心和法兰绒朝着他走了一步。他发出信号,他们回应了他。警惕的保镖。

"那么,我们该怎么做?她要拿走我们头上的屋顶,我们能怎么做?她看上去一脸无辜,像个天使一样围着村庄转,还买了可可。她要拿走一切,我们这么多年辛苦得来的一切!法律许可的人才可以这么做。但她呢?她不是,她绝对不是!您看看这是什么。"

斯多拉什打开黑色的文件袋,想从里面拿出一沓复印件。一直沉默的丹尼斯走了过去,温和地把文件放进袋子。他们在角力。丹尼斯轻声开口。

"现在还不是时候。事情有变化,他们想要和解。别让我们尴尬。"

斯多拉什突然涨红了脸，在满心怒火中抢回文件袋。

"我建议暂时休会。"

两人消失了。消失在门后。喝咖啡的窸窣声遮住了他们的声音。

所有人都陷入沉默。每个人都像兔子一样拉长了耳朵，努力理解着隐藏起来的对白。日光炽烈，人人都汗流不止。理发师问助理要矿泉水。那个女孩子似乎有些尴尬，双臂交叠在胸口。她无意识地咬了咬左手无名指，陷入一阵胡思乱想中。当我们决定推开椅子时，她紧张地往后缩了缩。

我是这里唯一一个没出汗的人。

"闭上你的嘴，妈的。你只是一个证人而已，邀请你来是作为一个房主代表。当他们准备把你年老的母亲和妹妹像泼脏水一样赶到大街上时，你怎么再保护她们？我早该想到，你不住在这里。你和这里没有任何关系。我应该带一个头脑冷静的人过来，该带一个本地人过来。"

我惊讶于议长先生回来的速度。

他二话不说，拆了文件袋的线圈，拿出里面的文件。然后像个父亲一样抓住丹尼斯的手腕，却完全不看他。

"丹尼斯，感谢你的帮助。但这事关那些真正居住在这里的人和那些对它有感情的人。"

丹尼斯不愿意退让。

"如果你不介意的话，这同样也是我的事。情况有变，劳希曼诺娃医生看上去并不想达成和解。这个时候提到她的健康问题实在有点……不体面。"

"不体面？这事本来就很丢脸。你走吧，还等什么？"

斯多拉什并不理会芭芭拉的愤怒，他对自己队伍里的分歧更感兴趣。比如丹尼斯想要的体面回应。

"突然！一个男孩子突然就失控了。这不是你的主意吗？关于法律能力的问题，聪明极了。"

丹尼斯一直回避我的眼睛。他看着杯子，看着他杯把上的手指。这让我十分宽慰，原来我不是这间房子里唯一一个感到羞耻的人。

"我并不知道全部的真相。我只是从母亲、娜塔莎和你那里了解了一些情况，这其中似乎有些误会。"

"好了，我们一块儿来看看事实到底如何吧。"

丹尼斯修长的手指搁在黑色文件袋上，尽管里面已经空无一物。

"别这样，拉迪斯拉夫。交给法庭来决定吧，那样更合理一些。劳希曼诺娃女士，请原谅我们。也请原谅我。我知道，我是在为我的言行找借口。因为……"

斯多拉什没有理会丹尼斯。毫无疑问。

他兴奋地把文件扔到桌子上，像一个专业的卡牌选手。他把一张张纸扔到律师前面，把一个个词语重重地掷向了我。

"我有个好朋友认识精神病医院的人，现在咱们就来看看他给我们找到了什么。"

律师果断地传达着离开的信号。他冷静地把文件整理好，装进他的公文包。他再次走向我，再次拍了拍我的肩膀，要求我立即起身；

这次稍微温柔些。他也同样好奇。空气中暗藏着丑闻的蛛丝马迹。

熟悉的头痛等待着死灰复燃，尽管此刻还毫无动静。这些年我的头没有继续膨胀，痛苦也渐渐升华。这是第一次，疼痛濒临爆炸。仿佛有人在我的头发上，在我的额头上，贴下嚼过的口香糖。然后，揉进头皮，揉出粉红色的小包。再粗暴地拍进去，粗暴地挖出来。这是第一个阶段。

紧接着，我的头被未知的力量密封进灰色的宽面胶带。头发被一把拉住，连皮带肉地扯出来。最后只剩下坚硬的、血淋淋的头骨。

我不会认输。我是正确的那一方。垂老的狮子仍然不知疲倦地努力爬向自己的巢穴。即便被扯掉毛发，仅剩的牙齿也被打落。

我不会走。

律师拿起公文包，外套搭在肩膀上。

"议长先生，世界上没有一个法庭会允许您这样做。此外，我们会对违反誓言泄露病人身体状况的那位医生提出控诉。前提是，如果这不是什么假把戏。走吧，劳希曼诺娃女士，我们真的得走了。"

"等一等，医生，就一小会儿，绝不会浪费您的时间。我们长话短说。您没有改过您的姓，对吗？弗拉·吉塔·劳希曼，是不是这样？"

他站着跟我说话。我仍旧坐着。我在一个非法私设的法庭前，等待着最终的判决。尽管没有任何罪行。

我身体僵硬，眼睛盯着斯多拉什毛发浓密的手背、坑坑洼洼的指甲和因吸烟而泛黄的食指。我开始颤抖。我清楚地知道，即将到来的是什么。

没有任何办法阻止它。

礼　品

艺术家欧耶茨基一进门，女人们就立刻从帘幕后面推过来一把滑轮椅。她们悉心照顾他，请他坐下，沿着柜台观看，绝不让他无聊。他优雅地在购物篮和背包里装进新鲜的面包、面包卷、沙拉、匈牙利熏肠、鸡肉肠、一串辣椒、意大利肉肠、全麦芥末、捷克朗姆酒、一瓶白兰地、腰果、杏仁和二十瓶啤酒。两位女士如蜜蜂一般欢快地把这些物品从货架上拿下来。欧耶茨基好奇地看着第三个粉丝，黛尔巴娃，看她一百一百地数着钱，然后把一堆纸袋子摞在一起。

"这是给老客户的礼品，大师。可别被人偷走了。"

娜塔莎双眼放光，她突然有了个想法。汉娜·玛拉从高高的货架上拿了一个圆瓶子递给她，她转手放在柜台上。

"大师，您要是给我们每个袋子都签上名字，一定会引发一场购物热的。"

梯子上的白色外套也激动了。

"没错，但最好在后面写，娜塔莎。不然其他人都会来围观的。"

欧耶茨基感觉自己在出汗，但他仍尽职尽责地走到帘幕后，坐在瓷面桌子前。在扁豆袋凹凸不平的表面上，按照提示写着："伊希·欧耶茨基致以您诚挚的爱与问候。"汉娜·玛拉补上日期和地点。在他的身后，娜塔莎和黛尔巴娃匆匆忙忙地装满越来越多的礼品袋。

"为什么会这样？这个问题想必您自己比其他任何人都要清楚吧。是您亲自犯下的罪行。而您的真实……身份，您不止结过一次婚吧？大家都知道您之前结过一次婚，生了一个儿子，但之后没有人再提起过，要说现在也该有五十岁了。丹尼斯的母亲和黛尔巴娃女士可以作证，后者当年在人民委员会工作过。还有今天在场的玛利先生，五十年代的时候他看到您回来过，在这附近走来走去。"

克莱因激动地颤抖着，举起右手，连连点头。

"这儿的人都记得，当时人们看到了你的丈夫，还有你的肚子。我猜咱们的律师朋友可能对这事毫不知情呢，更别说别的事情了。"

根本就没有人知道，你个混蛋。

斯多拉什享受着沉默。铁匠在铁砧上打铁。

"孩子被杀死了，一九五四年男人上吊自尽。您却坐在这里，仿佛高人一等般喋喋不休。在发生了这一切之后，您依然只关心自己的钱财——我想清清楚楚地告诉您，您的大脑一片混乱。把这些事情讲明白，对您来说也是有利的，不是吗？"

小斯多拉什舔舔手指，整理他的宝贝，好似粪中淘金，重新排列一张张纸。接着他拿起一张纸，举过头顶，用力扔出去，扔向四面八方。期待已久的王牌，拍卖中的艺术作品。

"所以，我们来看看。您的儿子，鲁道夫，死了。您的丈夫，阿道夫……斯拉兹，自杀了。"

芭芭拉跳起来，试图搀扶我起身，从而离开这里。她的手臂穿过腋下扶着我。我躲开她，给自己武装上枪口和盾牌。

那些事情我明明早已遗忘，这一刻却又让我无端震惊。我躲开她,不想被她架去门口。我把椅子拉近桌子的边缘,好让她无法拉走我。我的眼睛一直盯着斯多拉什。

"您到底想问我什么?"

"问什么?您的家人都死在了集中营,您却还活着?几十年后,相似的事情又一次出现,您的家人都去世了,您却依然活着?您怎么可能总是那个唯一幸存的人?在发生了这一切后,您却没有失去理智,这又怎么可能?您为什么总是想着去掠夺并毁灭那些无辜的、诚实的、勤恳的人?您死去的家人可没打算要回任何东西。"

"所以,您是在问,我为什么还活着?"

艺术家欧耶茨基的边上堆放着一摞一摞的包装袋,进出都成问题。娜塔莎打开炉子,在炉灶上放了一个壶烧水,又往一个大杯子里倒了点咖啡粉。

"谢谢你们,女士们。我感到十分荣幸,但我真的得走了。"

女士们迅速将袋子堆到墙边,用自己的身躯做成一道防护墙挡在前面,以便让艺术家通过。艺术家穿着凉鞋,露出亟须修剪的脚趾甲。他刚走过去,那堆袋子就雪崩般滑了下来。

尽管背包已经装满,娜塔莎仍然成功地塞进两瓶波尔图酒。汉娜·玛拉拭去艺术家背后的灰尘;帘幕后的空间过于狭小,他的衣服蹭到了墙上。黛尔巴娃女士把几袋她认真数过的扁豆放进包里。

"这些还没有签过名,大师,您得自己在家完成任务。自己。"

娜塔莎往四个玻璃杯里倒入澄清的液体。

"为了加油鼓劲。这是家酿李子酒。大师,议长可能需要和您谈谈,我们眼下出了个大麻烦,您肯定能帮上忙。"

艺术家欧耶茨基——亲吻女士们的手。娜塔莎和汉娜·玛拉帮他背上包，在肩带下垫了些羊毛以减轻负担。

黛尔巴娃打开门，向欧耶茨基深鞠一躬。

第一场震惊和威胁冻结了。并且拒不消融。气氛紧绷，潮湿。芭芭拉愣在门边，手还扶着把手。她不可置信地看着我，不是因为我可怕的人生而惊讶，而是愤慨于我竟然在这里，和这些人一起，公开讨论如此私密的事情。律师看上去也十分震惊，他试图将对话拉回正轨。他要求我立即离开，但我没有，我的不服从激怒了他。这里唯一一个没有盯着我看的，是丹尼斯。他俯下身来，和斯多拉什耳语，但在这困窘的寂静中，没有人遗漏他说的每一个音节。

"她想和谈。拿病人资料是违法的，你不必以此威胁我。"

"但这是你的主意。"

"这是紧急情况下的权宜之计，我没想到你一开始就打算公开它。"

我对别人的想法毫无兴趣。但他们总是抓着我的想法不放。

大笑的小丑

我对着所有的人说话，我对着无有之人说话。

睫毛开始颤抖，这微微的颤抖预示着即将到来的，电闪，雷鸣，还有倾盆暴雨。但这一刻我只感受到无尽的黑暗和沉闷。风暴尚遥远。此刻我必须尽快将令人遗憾的无助转变为怒发冲冠的愤怒，必须尽快找到自我解救的出路。

小斯多拉什。

我在想象中把他的舌头割下来，活生生地割。我在抹了黄油的面包上，放下这块长方形的红色三文鱼，这块腌制的鲱鱼片，这个口水淋漓的油腻舌头。我一口咬下去，它仍然不停扭动。它一点声音都没有，或许呻吟过。我可以如此，可以如此去恨。但我一直在努力保持完整，不崩溃，也不尖叫。

我的胸口疯了一样怦怦乱跳。紧张和好奇在我心中拼命拉扯着。我轻轻开口，打破沉寂。

"我愿意谈它，这没什么好羞愧的。我愿意现在就开诚布公地谈，而不是等到整个村子都传遍了流言蜚语，传得越来越离谱。普克里茨的人们会相信那些无妄之言……斯多拉什。"

斯多拉什正要开口，又忽然停下。他不想我重新考虑我的罪行。

我喉咙收紧，试图咽下口水，得快点……

刀片，锈钝的刀片，我切着……不，我砍向他的上唇，接着是下唇。两条蠕动的粉红色肉虫可以揉成一块肉饼。剩下一张小丑的橡胶脸，中间是红色的洞。前所未见的马戏团表演，只要五克朗，您就可以拿到一个彩色的球，击中目标您就能获得大奖：挑选一个小丑，让他窒息而死。要努力保持完整，不崩溃，也不尖叫。

"我在学生时代遇见了我第一个丈夫，阿道夫·斯拉兹，这似乎让你们有些不满意。儿子出生后，我们住在奥特拉阿姨两室一厅的公寓里。是奥特拉阿姨让我过上了体面的生活。那天是周四，七月一个炎热的周四，跟今天一样热。中午过后，他们按响了我们的门铃，礼貌地同我打招呼。一共三个无辜的年轻人，其中两个人扶着楼里一个租户的儿子，他二十岁左右。他们把他拉进我的公寓。他在发烧，额头滚烫。他的小腹似乎痛得难以忍受。我是个医生，我必须帮他。屋子里没有别的人，所有人都在外面工作，只有我……"

我请那位美过甲的女助手给我拿一杯水。她动作灵活，飞快地倒了一杯水，递给我。快点，继续，不要拖延。贪婪的好奇心。我沾湿嘴唇。纸巾盖在嘴唇上，密封了交易。

"他们让他躺到厨房的沙发上。我集中精神，检查他的病症。我碰了碰他的额头，他的确在发高烧。我又摸了摸他腹部，看有没有可能是急性阑尾炎。等我意识到他们三个的行为是多么奇怪时，一切都已经晚了。拒之门外？晚了。到走廊尖声求救？也晚了。

他们愈发有恃无恐。精神恍惚的他们被酒精和药丸控制，失去了自制力，失去了责任感。他们决定去找一个女人。疯了，完全疯了，疯了几个小时，得不到任何控制……您看，议长先生，有人认为这情有可原，另一些人……认为这可怕至极。"

我不需要解释。我本可以走出去，走进滚烫、沉重、停滞的空气。但为时已晚。

芭芭拉惊慌失措。男人们屏住呼吸，瞳孔放大。

"攻击来得那么突然。"

尖顶教堂下，欧耶茨基把背包靠在摇摇欲坠的墙上。他喝了一大口波尔图，余味残留在嘴唇上。他重新背起包，在肩背的一阵酸痛中，离开墙壁，走进永恒的空间。准确说，是被吸引。穿堂风让欧耶茨基感到凉爽。他想卸下背后的重负，卸下一切重负，赤裸裸地站在锥形祭坛前，展开双臂，张开手掌，然后离开地面，飞向穹顶。他会飞向太阳，在空荡荡的长椅上，在宁静的长椅上，沐浴在一片温暖中。

他心不在焉地摆弄着带轮子的购物篮，企图让它直立起来。因为他的笨手笨脚，购物篮丁零咣啷地倒在地板上。牧师从圣器室走出来，急忙冲向他。

"我要和您谈谈。"

"我？"

"是的。但不是在这里。请到这边来。"

牧师站在太阳底下，从圣袍里掏出一张圣人的图片。

"我也没什么别的需求了。我需要您的签名，大师。我的管家，一个天使般的灵魂，求了我很久。她没有勇气自己来求您——我给您拿着。"

"一袋扁豆也许不够吧，神父？"

"什么？"

"没什么。"

欧耶茨基摸了摸口袋。

"您有没有……"

神父递过来一支黑色的毡头笔。

"麻烦了。我一般不带墨水笔，我已经不见了两支。"

欧耶茨基的手在颤抖，他写着：伊希·欧耶茨基致以您诚挚的爱与问候。

"可以吗？"

"谢谢您，大师。主与您同在。"

欧耶茨基拉着购物篮，在门廊处抽了根烟。然后锁上他不通风的小屋子,把东西搬上车里,打开空调,开车离开了这里。

"攻击来得那么突然。"

我弯腰检查他的腹部,他的双手立马抱住我的头不停地往下拽,直到按在他的双腿间。他抱着我的头,像个痛苦的老虎钳把我的头按住。另外两个人摸着我的乳房,摸着我美丽浑圆的牛奶般的乳房。我愤怒地拍打他们,尊敬的斯多拉什先生,我不可能任由他们为所欲为。他们打断了我的左臂。就是这里,您想碰碰吗?然后是右臂。双臂断掉地躺着,感觉奇怪极了。像是一只断翅的鸟。我无法动弹,但我的意识清醒。我没有尖叫。我四个月大的儿子在隔壁睡觉。我祈祷他不要醒来。我会忍受,直到他们离开。他们离开,我就可以……冷静下来。总会离开的。他们轮流占有我,就在厨房的沙发上。您想听细节吗?"

芭芭拉声音颤抖。小女孩不知道,这样的事情每天都在发生。她感到震惊,她叫我"外婆",她以前很少这么叫我。

"外婆,您在干什么?别说了,求您了,别说了。我们走吧。"

求我是没有用的。

没有用了。

"好吧。是的。当然。问题可以一会儿再提。我没有昏过去。我只有一个目的,那就是吸引他们全部的注意力。但我的小男孩醒了。我听到了他的哭泣。于是我也开始哭,试图盖住他的哭声。但他一遍又一遍地叫着我,一声接着一声。我只好尖叫,他们便找东西塞进我的嘴。然后,他们听到了一声软软的抽噎……他们把他抓过来……抓过来……杀死了他。就在我的眼前。在一只跛足鸟的眼前。一只无法保护孩子的跛足鸟。一只飞不动甚至连翅膀都扑腾不了的跛足鸟。

"他们离开前拿走了熏肉和面包。在那么长的时间里,在奥特拉阿姨和我的丈夫阿道夫·斯拉兹回来之前,没错,议长先生,就是那位您感兴趣的我的丈夫,我只能摸到我的小男孩的脚趾,他的身体我都无法触碰到。那一刻,我的大脑陷入一片昏暗。我时常想与这个世界断开联系。与活人的世界。那一瞬间,我成功了。我的大脑迷失在黑暗中,陷入了死寂的虚无。这让我倍感安慰。"

混凝土掩体

欧耶茨基抵达布拉格,他把酒瓶放在腿边。波尔图酒洒到了方向盘上,还有T恤上,手指也被粘住了。车里交杂着葡萄酒和汗水的味道。

去往索菲亚宫①的夜路上,他坐到岸边,打开了第二瓶波尔图。他喝了一口酒,把烟头弹进水中,然后从背包里找出纸袋扔进水里,翻滚的袋子让一群等着干面包片的鸭子困惑极了。它们又惊又慌,贪婪地咬着白袋子,但很快就失望地游走了。纸袋在水里溶化,一颗颗小扁豆浮出了水面。

它们鼓起的肚子会在爱侣的短桨和摇荡的家庭脚踏船间曝晒很久,很久。

---

① 索菲亚宫,位于布拉格伏尔塔瓦河上的斯拉夫小岛上,深受市民喜爱。

斯多拉什有些焦虑，他摸了摸自己的长鼻子，手指在堵塞的毛孔上来回揉摸。

一把钝刀，和一张鹿的图片。我和哥哥安迪小时候偷偷溜进树林里带着的刀。我们用这把刀从苔藓上刮蘑菇，在松树和桦树的树皮上雕刻。现在我要用这把刀在斯多拉什的眉毛之间连一道槽，然后再刻两条纵线，一个宽广的矩形就形成了。顺着矩形剥下皮，砍掉鼻子，砍断骨头，在脸中间重新挖一个。皮在太阳下晒干，用黑色的油墨涂上图字母G和I和T和A，直到涂满整张面皮。然后加固它，做成迷你灯的灯罩。每晚我都会躺在它下面，泪流满面。骨头和肉一并扔进开水里，煮成一顿滋补的肉汤。要保持完整，不崩溃，也不尖叫。

"斯多拉什先生，您一开始的问题是什么？为什么我还活着？在一切的一切之后，我为什么还没有发疯？在这个一直疯狂从未改变的人类世界里？无论是您的父亲，还是您，甚至是您的儿子，您的孙子，谁坐在这里，都无关紧要。人们永远都是那样。没有任何希望。您没有，我没有，我们的孩子也不会有。如果我剥下这间房子里坐着的和站着的所有人的皮，一定会发现里面毫无不同。我们之间没有任何不同。"

斯多拉什奇怪地颤抖着。他一会儿摸鼻子，一会儿拉耳垂，他打开，又合上那个黑色的文件袋，把死去的水仙花的花瓶放到他所以为的桌子中间。如果我割开他的喉咙，一滴温暖的人血都不会流出来。

他失去了对局势的掌控。现在手握王牌的，是我。

议长斯多拉什。他看见自己在环中起身，举起右手示意胜利，两名年轻男子谄媚地托着他的手臂。他忠实的爪牙。他领导的复制品。但我抢走了他的拳击手套，戴在爪子上，从上面吸取他的力量，又用我的力量让它双倍增加能量。他们很快就会过来抢，怒气冲冲地抢。一旦他抢回去，戴在巨大的拳头上，手套会燃烧着融进皮肤，留下一片焦痂，手套与手融为一体，再也无法移走。要保持完好，不崩溃，也不尖叫。

他清了清嗓子，想要说话，却被人抢了先。是那个支支吾吾的红眼理发师克莱因。我仍能感觉到他摸过我鬈发的手指。是的，我仍然感觉得到。

"没错，这可怕极了，没人否认这一点，吉塔。但另一方面，一个人，比如说你，一个人身上发生这么多诡异的事情实在令人怀疑。大家可能会觉得——我想，绝对不止我一个人这么认为，你可能是在撒谎。而且，为什么你的丈夫自杀了，你却没有呢？这是我们所看到的。"

他轻笑了下，环顾四周。他为自己的机智感到自豪。剥你的皮就够了，你这防腐剂下的木乃伊。就在你的眼前，慢条斯理地打理你染过色的、喷过香水的头皮。要保持完好，不崩溃，也不尖叫。

他的嘴角透露出严肃的苦涩。

"最起码我们可以知道，这件事情完全没有解决清楚。就像拉迪斯拉夫说的，调查人员无法判断，这到底是不是一起自杀事件？是否有人提供了帮助？"

拳头捶到桌子上。

"问题应该回到正轨上。我们不是来这讨论外婆的人生。你们必须承认这一点——你看清楚你在跟谁说话,为什么要跟这些人谈论这些私密的事情?真恶心。"

芭芭拉开始呜咽。她被困在我为我们两人准备的困境里。丹尼斯想打断她,他的眉头紧锁,与人窃窃低语。律师沉默着,冷静地观察局势。

晚了,亲爱的,已经晚了。没有什么能阻止我。我不是在跟这里的谁说话,我全部的言语只属于一个人。我和斯多拉什一同站在环里,他的背后是他的父亲。

绳索绕成的环变成了混凝土掩体。

凹凸不平的标志

娜塔莎高兴地亲吻着包装袋上欧耶茨基签名的不规整的字母。

"这是一个标志,预示着一切都会变好的标志。天赐之物!而他竟然什么都没有要,连波尔图都是我硬塞进去的。"

黛尔巴娃讨好地看着她。

"娜塔莎,能不能让我把没签过字的换成签了字的?"

"就一个,不能更多了。"

"好的好的。"

"你是第一个拿到的,黛尔巴娃女士,你意识到了吗?"

黛尔巴娃取下头巾,把小小的白色包装袋放进里面,像包包子一样装好。

"我先把东西拿回家,然后我们一块儿过去。"

"去哪里？"

"当然是去那里。"

"一个一个来，先生们。"

每件事情都有自己的时间。时间来来回回，没有障碍，没有盲点。

"我还活着。多少次我都没能杀死自己。我在那里没有自杀，从那里回来后依旧没有。今后也不会。在那里发生的事情超过了人类可以理解和人心可以承受的范围。但它随时都可能发生。人们永远在寻找牺牲品。找到最弱小的那个，折磨他，折磨他，然后控制他。即便那只跛足的鸟意识到自己失去孩子时，我也没有自杀。我没有自杀，因为我的丈夫选择了自杀。他那么胆小。这件事对当时的我来说一点也不难。我是说自杀。今天也容易得很。即使是今天，对我来说，自杀都是那么简单那么理所当然的事。也许对我而言，更难证明的是为什么活着。为什么没死。

"自愿离开，他们这么说。但从来没什么自愿。人都是被逼迫的，或显或隐的手推动着他们，做出那样的举动。外部事实和内心煎熬的暗流推搡着他们走到最后。

"当一个人意识到，人生不过尔尔，正义那么稀少，他应该选择离开。准时离开。但他仍然心存期待，期待着隐藏的东西。他期望马上就能遇到那个东西，下一分钟，下一个路口。

"能让人生骤然不同的东西。"

斯多拉什摸着耳垂。我要用生锈的钉子在他的耳朵边上打几个圆孔，再挂上五十公斤亮闪闪的、黑沉沉的金属块。越挂越多，像狗的睾丸一样亮晶晶，直到无处可挂，直到耳垂被耳环撕裂。

"我是个疯子，您说得对。彻彻底底的疯子。那天之前我一直踩在钢丝上，钢丝两端分别是普克里茨和我父母被杀害的地方。

"阿道夫·斯拉兹，我幻梦中的丈夫，我幻梦中的支持者，如今的亡魂，去医院探望我。和阿姨一起。就来了一次，奥特拉阿姨每天都来。我是多么期待能见到他啊，期待他能用温暖包裹着我。我们拥抱，像是第一次这么做，在我们经历了……那样悲痛的遭遇后。我期待着他的到来，他懂得那个不被村子原谅的可怜人的感受。但他什么都想好了。他只是来告诉我，他的儿子被杀害了，他的儿子之所以死了，是因为我活着。罪魁祸首是我！他无法忍受我给他带来的耻辱。他希望能踏进时光隧道，在大学里远远避开我的行李箱，重新过回自己的生活……他写了一封忏悔信，离开了我留给他的人间地狱。他在我们居住的公寓里自尽了。晾衣间里的那个租户，是请我帮他缓解腹部疼痛的年轻人的母亲，伯雷德尼亚科家的女儿。那个租户一辈子都在任劳任怨地照顾自己普克里茨的弟弟。那个租户拎了一堆垃圾，扔进了我们的人生里，她和我丈夫聊一些私密的事情。在走廊里，在庭院里，五十岁的租户恶毒地询问着关于我的问题。然后把一切告诉了她的儿子。她是第一个发现我丈夫的人。当她挎着洗衣篮走到楼顶，去收晒干的床单。蓝色的方格床单。"

冰封的海

娜塔莎把艺术家的签名小心地收进装香蕉的箱子里，捋平边角。

"嘿，想想神父房东看到这一切该多么惊讶啊！她一定会锁上门，赶走商户，我们就全完了。她一直崇拜欧耶茨基，她收藏了他所有的电影和电视剧。"

"娜塔莎，我想和你谈谈。趁黛尔巴娃还没回来。"

"谈什么？"

"我们家小男孩的涂鸦。"

"天啦。"

"嗯。"

"他疯了吗？"

汉娜·玛拉从娜塔莎手里接过装满签名包装袋的箱子，站在一旁。娜塔莎清空了帘子后面货架的顶层，小心把箱子推进去。

"嗯，他是个蠢货，没错。他在城里被抓到了，他们通过字迹辨认出他在普克里茨也乱涂乱画过。他简直疯了，不仅承认了签名，还说为此感到骄傲。"

"你想我做什么？"

"斯多拉什是你的亲戚，娜塔莎，跟他说说，让他插一把手。你看，孩子该是清清白白的，他还想去上大学。只要你帮忙，我们家的麻烦精一定会报答你的。什么都行。"

"如果我自尽了，那就是承认了他们绝对的胜利。如果我疯了，麻木了，心如死灰逃避现实，就是承认了他们，承认了他们永恒的胜利。我不会让这种事情发生。他们攻击了我，强奸了我。像掰断干枯的意大利面那样折断我的手。他们用小刀在我的胸口画了一个'卐'。这三个国王给我带来了多么奇怪的礼物。我躺在床上几个月。不想说话，拒绝吃饭。但我活了下来。我不会屈服。"

斯多拉什清了清嗓子。他的声音沙哑，像是借来的。

"这一切……"

"这一切对您来说什么都不是。只关乎我。够了。"

我把脸还给了他。黏一个胶质舌头，补上鼻子和耳朵，从手上移植新皮。我为什么要保持完好，为什么不崩溃，为什么不尖叫？我想把故事讲给所有人听。

"因为，亲爱的，再次学习如何生活并不是件容易的事。学会看到积极的一面。比如人身上的。学会相信。我都做到了，我又一次做到了。当然，不是单单靠我自己。奥特拉阿姨净化了我的思想，冲走了污秽。她是第一个在我黑暗的灵魂深处点上蜡烛的人。蜡烛太容易熄灭，她必须成吨成吨地烧。我做到了。一切有意义的和无意义的事。我做到了。这是我的胜利。我站起来，拿起牙刷，挤牙膏，刷牙。吃早餐。倒咖啡。搅拌茶水。恢复理智，解决问题。把手放在冰凉的人体上，保持着足够远的距离。打开书本，参加培训。遇见爱情。重获喜悦。身体也陷入爱情。等等。"

芭芭拉掉进斯多拉什的陷阱里，她不停地尖声打断我："你疯了吗？为什么要跟他们讲这些？"芭芭拉越来越不理智，律师却越来越冷静。他像一个狮身人面像，一动不动，脑子里却风翻浪涌。带着内心无声的喜悦，他愉快地观赏着听众的反应。隔岸观火，守株待兔。

"我说过，触摸一个活着的人体，对我而言困难极了。就如允许他人触摸我一样。但我做到了，我成功了。我战胜了那些在柜子里和仓库里偷窥我的怪物。战胜了那里的杂草堆。战胜了普克里茨。战胜了三个醉酒的国王。我再婚了，又生了一个孩子。我照料我的后代，疼爱我的两个孙女。您看，我的孙女多么美丽多么聪明啊？您看看她——芭芭拉，走过来一点，转个圈——没人能够抓走我。议长先生，您也不行。三个人身后的第四道阴影，是您。您希望我今天能灰飞烟灭。在此时此地。你们四个站在一起，踩着相同的鼓点。假装肚子痛。我向您伸出援手，您却用力咬下去。您就在这里，在我冗长寿命的尽头攻击我。"

怒火燃烧后的甘甜。

潮汐日复一日的温暖没能融解冰封的海。要征服它，就必须用斧头。没错，留下一个深深的黑洞。

染过的头发

黛尔巴娃来了，脖子上戴着一条新围巾，上面还看得出存放已久的痕迹。她的身后跟着一堆女人。娜塔莎惊讶地关好帘子，涂抹上鲜亮的口红，然后走回柜台。

"黛尔巴娃女士，您疯了吗？"

"女孩们都挺想看看！"

"但这不是公共活动，不是您和年轻人一块儿去跳舞的活动。"

"不是？！"

"对，不是。我和汉娜·玛拉只打算顺便看一看，不能太明显。"

"好吧——女人们也想看看那个签名！"

娜塔莎同意了。她消失在帘后，不一会儿又走回来，指着一个普通纸袋上的字母，"伊希·欧耶茨基致以您诚挚的爱与问候"。她在窗口前展示给人群看，接着小心翼翼地放到黛尔巴娃女士的手中。铃声响起，黛尔巴娃走出门，走到广场，让签名在人群之间传来传去。

"天啦，是真的。"

"让我看看。"

"后面还写着诚挚的爱。"

"我要送一个给海伦娜，她的生日快到了。"

白色帘子前，汉娜·玛拉在继续工作。卖东西，称重量，打包。娜塔莎额头上抹着廉价的护肤品，手上算着总价，找回零钱，郑重地把礼品递给客人，仿佛带着某种神圣的祝福。女人们排着队，兴奋地交谈着。她们买了许多用不上的东西，就为了能达到那个珍贵的纪念品需要的额度，然后小心地把它放进包里，甚至放在胸口上。

阳光明媚，灰尘扬起的广场上人越来越多：妈妈，婆婆，姐妹，女儿，孙女，两手空空地等待着。女人们仿佛站在磨盘上，去往许多地方，又回到永无止境的队伍中。

最困惑的人是瘦巴巴的克莱因。他坐在那里，被故事的枝枝蔓蔓缠住身体。他的目光在所有人的脸上依次掠过，却跳过了我。

他等着解释。他极少进行自我思考，此时他已经完全跟不上故事的发展了。他的语言功能彻底失去，毫无用处了。但我打的比方他没有错过，完全听懂了。他惊恐地靠近斯多拉什。

"天哪，你说点什么吧。她说的那些全是废话，你怎么可能在那里呢？你那时还很小，不是吗？！"

斯多拉什的回答充满愤怒和恐惧。

"这还用问吗，我肯定不在那里。她在玩文字游戏，我真不懂她是什么意思。"

斯多拉什不停地寻找着，也找回了自己的声音。

"你在编排我什么？你他妈的什么意思？！"

"我说，那三个人出狱了。我可能在街上还碰见过他们。从今天开始，您的影子会一直跟随着他们。永远。"

克莱因此刻就像是一堆无精打采的面团。这堆面团已经发酵，随时可以放进烤箱。

"拉达说得很清楚，吉塔，他和他们不认识。你不能把拉达算在内。"

我根本不看这个手拿剃刀满身香水的人。他的头发被黑色的发胶重新上过色，像是头上顶着一个锃亮的新炒锅。

"对我而言，斯多拉什，您就是凶手。您提起我的过去，不是为了转移有关您的过去的话题，而是为了掩埋我的权利。您不会成功的。"

斯多拉什沉默了。他加诸于我身上全方位的打击现在悉数转到了他的身上。他夸张地清了清嗓子。

"嗯，我们现在终止讨论你的家庭生活，回到原来的话题，我……"

不不不，亲爱的，我们什么也不会终止。那个混蛋认为他有权发出命令。自我任命的独裁者想结束一个话题，开始另一个对话。不，不。不可以，不可以。

"听我说，斯多拉什。听我说完。直到每一个词语都穿过你们的耳朵抵达你们的大脑。他们的所作所为不是最糟糕的事，我丈夫懦弱地倒下乃至死亡也不算。最糟糕的，是我儿子在我眼前，就在这双眼前，被他们砍掉了脑袋。他们继续用那把刀切腊肉、切面包。而那个小脑袋……他们在厨房里的沙发上玩弄它，一个传给另一个。我被钉在沙发上，看着他们。他们互相传来传去，感到十分有趣。他们一直在吃腊肉和香菜面包。红色的刀也在一只手和另一只手之间传递着。刀串着肉，消失在嘴里，又重新出现，露出他们强健的牙齿。"

"别说了，外婆，别说了。"
"而我只专心于一点。"
"够了，别说了。"
"我的宝贝头顶上那个隐约可见的三角形，一个颤巍巍的箭头。我看着他的囟门，它再也不会生长了。他们把我的鹅卵石捏成碎片。那是我应该放进怀里抚摸的鹅卵石，我的世界里唯一珍贵的鹅卵石。我本该捧在手心，看着他，抚摸他，洗净他的身子。永远不理会别的事情。然后……"

"别说了！别说了！"
芭芭拉歇斯底里地尖叫。下巴颤抖，几乎要哭出来。她把我从椅子上拉出来。她拖着我离开桌子，似乎想要抱住我，或者她想被我抱住。她让我站起来，让我结束我不体面的忏悔。她紧紧地握住我的手，又惊讶地放开满手的潮湿。

她匆忙拿起纸巾，语速飞快。

"别说了，离开这里。会结痂的，车上有个急救箱。走吧，我们过去。虽然只能做个紧急处理措施，但会好的，它会好的，一切都会好起来的。会好的，你看，都会好的……"

温暖的潮湿扩散开，开始发痒。另一只手上也落了几滴。

"听着，你一定是被什么困住了，在这里，不，是在那里……一切都会好的，不是吗，医生？"

她绝望地看向丹尼斯，"做点什么，好吗！"

白色的纸巾包裹着我的手。血水渗漏，像是浸泡了红墨水，蜿蜒的纹路组合成一幅幅抽象画。一双看不见的手在潮湿斑驳的墙上勾勒。我拿开那团黏稠的纸，扔到桌上，最后落到了睁大眼睛的法兰绒和汗衫中间。我在桌布上留下血色的斑点，在斯多拉什的前面。我用力拍打着桌子，我的双手来来回回，在发白的桌布上留下红色的马赛克。就在斯多拉什的面前，在那个人的小家伙面前。马赛克的痕迹越来越淡，由粉红色变成无色。我还没来得及在斯多拉什的额头上按下手掌印，盖上最后的密封章。

丹尼斯的职业病让他忍不住问出声："圣伤痕？"

他想看一下涓涓细流的源头。

我笑了笑。

"是的，没错。你还想要什么呢，医生？我的血来自我的父母，来自罗莎尔卡，来自安迪——我的哥哥，来自鲁道夫，我的儿子。所有这些血液汇入我的心脏，流经我的动脉和静脉和毛细血管。而我此刻必须让它流出来。用一阵血雨腥风淹没你们撒谎的脸，淹没普克里茨屋檐上的鸟巢。直达最终的目的地——地狱。"

碎裂的翅膀

货架空了，一点儿都不剩。汉娜·玛拉把圆顶帽子和包装盒上的灰尘擦干净。过期的啤酒卖给了不带心眼的顾客，橱窗边上的百事可乐金字塔逐渐变小，然后倒塌，散落进不同的袋子里。娜塔莎满身都是汗，她把奶酪和可可的包装袋改装成厨房装饰品，十克朗一个。她从汉娜手上接过几个小黄瓜瓶。

"不是这些，汉娜。我们要做一些泡菜。"

汗水从娜塔莎的额头流下，打湿了最后一个奖品袋上的"爱"。

卖光了。

娜塔莎坐到椅子上，脚伸到桌子底下的电话线前。

"简直像被洗劫一样。"

"你应该跟他多要三百个。"

负重而行的女人们走在广场上，邮差骑上自己摇摇晃晃的车，从她们身边经过，来到商店。

"我们都在这儿了，汉娜，我们在等你还有什么。"

汉娜脱掉汗湿的衣服，揉成一团，扔在角落里，拿起梳子梳理她金色的头发。

"好的——娜塔莎，看着点儿，别踢到电话线。"

娜塔莎放下电话，汉娜在她腿上擦了些止痛剂。

"你们不疼吗？我又预定了三十袋小扁豆。"

"三十袋？我的小姑娘，你要放在哪里呢？"

"在棚子里，或者在谷仓里。我想准备一些圣诞礼品，一大袋扁豆，加上他的照片，然后系上蝴蝶结。最好他能来亲自点亮圣诞树。就是这样。"

"什么照片？"

"没什么，黛尔巴娃女士，没什么。"

黛尔巴娃像个母鸡一样坐在威士忌的空箱子上，脖子上绕着围巾。

"我跟你们一块儿去。那儿得有个老年人代表。"

先生们可以满意了，我的不正常已被证实。他们瞪大了眼睛看我，好像在看一个被指控的中世纪女巫。在正式的审讯和酷刑开始前就自愿并且自豪地承认了她与魔鬼的交易。

斯多拉什迷失了方向。一滴滴真实可见的血砸落在市政局的白色桌布上，闪电一样劈开了他的大脑。最后一击如同锤子捶向拇指。他尽可能地护住头，以免被击倒。他不想就此倒下。

"你看，劳希曼诺娃女士，我个人对你并没有什么意见，但我们必须遵循一定的规则，对所有事情进行一次彻底的检查……"

他仍想遵循什么规则。即便此刻我的手掌已经明确地在桌子上发出了古老却年轻的信号：规则就是没有规则。

"医生，非常抱歉，实在太失礼了。请您原谅他，请您接受我们的歉意。可能的话，我希望能回到会议的主题上来，而不是……更加情绪化。我建议休息一下。"

这些话来自骨科先生丹尼斯，但我习惯性地回答斯多拉什，时而用敬语，时而不。

我的鄙视。

"不用抱歉。我不会原谅任何人。永远不会。我从不提起我人生的某几段日子。很多年过后,我感觉那些事都是发生在别人身上的,和我毫无关系。而你,不为偷窃我头顶上的屋檐道歉,不为把我像癞皮狗一样赶出自己家而道歉,反而愉快平静地地拉开了黑色文件袋的绳索。你鼓起腮帮,呼出一口气,吹向厚厚的一层旧日灰尘。你让那些与你无关的罪行复活了。你带着三个蠢货回到我的生命。全部三个。让他们对我再施一次暴行。"

芭芭拉瘫坐到地上抽泣,身体像无骨的肉体一样攀附着我。她的软弱无力令我困扰。

"没有几个人能有幸从那里逃脱。他们如今的存在只提示着过往的失败,刽子手,皮肤上的皱纹,被抢走的金牙齿——我的父亲也失去了一颗。新生儿被丢弃,不允许躺在母亲沉重的乳房边——一个为了测试婴儿离开母亲后能存活多久的实验。你的父亲做过一模一样的实验,他想饿死我。但我不是一个婴儿。我可以接受测试。我应当郑重地发誓,这些都是遥远历史里的故事。一千零一夜的黑暗版本,噩梦般的童话,这是外国人的故事。但是,议长先生,当您这样的年轻人听到这些故事心里会做何感想呢?用钩子把我的嘴钩住,在我的嘴里面翻找那个地方那些时日的印记?然后一个接着一个,铁匠的助手拉迪斯拉夫·斯多拉什,用铁匠的钳子拔出嘴里的所有的牙齿,包括那些健康的。不用麻醉剂,不用酒精。我有权独自一人保存那些回忆,但屠宰场的人重新撕开我缝合好的伤口……"

"你个混蛋!"

芭芭拉突然恢复过来。她靠着桌子,朝手上吐了口痰。她想掐住斯多拉什的喉咙,但她没有动。她呼吸短促,双手紧紧地搂住我的腰,头靠在我的肩膀上,仿佛我是一个满月才出现的情人。她推着我走到门边,狡猾的律师把门打开,他的外套搭在胳膊上,衣服下全是汗。我不自觉地把芭芭拉推到他的怀里。她的出现干扰了我。我的膝盖开始疼痛。

"好了,可以了。我们走吧。"

我把手伸向丹尼斯。

"医生。"

他迟疑地伸出手,轻微但漫长的握手。他低头,看着我手掌的纹路,似乎想从中读懂我的未来。他或许还想把我的手拉到鼻子前闻一闻,放在显微镜下做个 X 光检查。

"医生。"

"嗯?"

"替我问候您的母亲。"

他盯着我的手。不,这不是第一次了,丹尼斯。当它们尚且完整时,你早该看看它们的。当时奥特拉阿姨设法给我在布拉格郊区的一家医院谋到一个医生的职位,暂时代替调任到其他地方的医生。我一直想去病理学的医院工作。从我还没有穿上白大褂时我就想去了。

下一个,请

尽管没能穿上白大褂,我怀孕时仍然在工作,晚上也刻苦地学习。我把从图书馆借来一摞摞病理学、神经病理学的书籍装进袋子里。那个时刻到来时，我已经准备好了。我穿过拥挤的办公室，怀里抱着刚刚隆起的球，走在患者之间。他们像鱼一样飘动着。透过水族馆的玻璃，我倾听他们的抱怨，触碰他们的身体。

我在一个奇怪的状态中。

一开始只有无尽的哭泣，内部四分五裂。然后变成宁静的悲伤。无法摆脱的宁静的悲伤。嘴角向上并不容易，那两端似乎悬挂着成吨的重物。

但这悲伤至少是体面的。我慢慢地走，慢慢地举起手，慢慢地开口。我的一切行为都是在慢慢地进行。不急不躁，无比确定。梦游者牵引着我。如果我想打哈欠，一只手就会礼貌地捂住我的嘴。我等着线牵引我的手。我的大脑机械地思考着疾病和对应的诊疗。我像一个传送带，坐在我面前是些需要接受清理润滑，乃至更换零件的病人。这让我着迷。但对病人的情绪，我无动于衷。

我们生活在不同的水族馆里。

下一个，请进。

一个体型健壮的人掀开帘子，跨过门槛，走进了门诊室。嗡嗡声自候诊室传了过来。医疗卡的卡套暗示了他大学生的身份，但名字却还看不清。我必须踮起脚尖才能把工具放在他身上该放的地方。一个门口，一条隧道，所有重要的东西都通过它进进出出。

他伸出舌头。

我多么喜欢那个颤抖的、濡湿的、粉红色的扁桃体啊！躺在变形虫似的山丘上，在毛茸茸的柔软中颤动，像颗成熟的浆果。白色。白色的浆果。砍开它们，在鲜血中沐浴。舌头开始来回扭动，眼前之景令人困惑，一声不知所谓的呜咽从喉咙里逸出来。护士拉了拉我的手肘。

"医生，他可能受不了了，他的舌头会痛。"

那又怎样？我的肚子经受着同样麻木的紧绷。我的脚后跟落回地面。男人小心地闭上嘴，一只手按摩着脸，另一只手捂住喉咙，表情惊愕地看着我。

"有那么严重？"

"取决于什么算严重。扁桃体炎。"

"扁桃体炎？您就这样看了看？医生，您的同事不会用一只眼睛看的吧？"

"但您的医生是我，不是我的同事。"

"抱歉，但您真的确定我是扁桃体炎？"

他捶了捶胸口："您都没有听一听。"

"我会听。请脱下您的衣服。"

"如果您不介意，我想等等您的同事。我回家休息休息，在茶里面加点朗姆酒和柠檬，看会不会出汗。"

"脱下衣服。"

"不，真的，谢谢您了，医生。护士，我会再来的。"

"很好，那就快点儿走吧。"

"您说什么，医生？"

装压舌板的小罐从护士手中滑了下来，像木质冰淇淋飞向四面八方，散落到抛光地板上。男人愣住了。我提高嗓门。

"我说，那就快点儿走，快走。去地狱吧！我控制不了你的舌头，你也不能控制我的。"

"舌头?!"

护士蹲在地上捡压舌板，她的身体像个鸭子一样挪动，她的裙子快要遮不住大腿了。她低着头，试图逃离眼下的窘境，絮絮叨叨地说："医生太累了，她有很多不必要的文书工作，还怀孕了。"

"非常抱歉，同志，真的抱歉。这种事不会再发生了。孩子，我的脚在发麻。"

压舌板全都放回了罐中。

"我会投诉的，一定会的。跟你们最大的长官。"

"最高的。"

"什么?"

"最高的。出去吧。"

"你简直是个荡妇！你怎么敢做这种事情，臭婊子！盯着我的喉咙看了半个小时，至少半个小时。天知道你到底是不是个医生，谁批准你成为一名医生的?"

"快点消失吧。"

"你这只傲慢的母狗！没有人敢对我大吼大叫，我真想扇你一个耳光！"

护士抓住他的胳膊，那条章鱼的粗糙手臂，那个急切奔向我的水母。或者蛇。第一条蛇已经游了出来，一条蝰蛇。他全身上下都准备好要粉碎我。他希望把我握在手中，挤压，挤压，再挤压。我跑到白色玻璃橱柜前，抓起一把手术刀。

男人不可置信地看着我，蝰蛇突然失去了它的牙齿，第一条蛇转向了护士,变成了石化的雕塑。他们看着我的手,看着我的剑。他们犯了个错误:他们回了头。

"既然如此,那我就砍掉你的扁桃体。你用不着再来医院,我们现在就可以把它处理掉,把那些白色的浆果也一并切掉。你不是怀疑我不是个医生吗?我绝对能精确地切割下……"

护士把男人推向门口,推向安全的地带。她的鸭掌挪回来,试图安抚我。男人抓住机会,迅速地跑出去。"叫警察!"他在走廊上大吼,"她疯了。"

门诊室的门半开着,候诊室的人们全拥了过来。我微笑地看着他们。

晚宴开始了。

护士从我的手中轻轻取走手术刀。我微笑地看了看门口偷看的人头。

"下一个,请进。进来吧。今天是手术日。今天我们将摆脱所有的疾病。不需要麻醉剂。虽然……"我降低声音,走向那些人头。护士疯狂地拨着号码盘,拨了三次都没拨对。"虽然,"我继续说,"把门推一下其实就够了。门的边缘很锋利。孩子,那些头会滚来滚去。像罂粟一样,什么都可以塞在里面。砍掉它们,踢走它们,不要停下。"

巨型罂粟不见了。

人群里有几个受惊的孩子落荒而逃,有人在后面大声喊着,把他们拉了回去,有人用力关上我身后的门。我想象着还有人蹲在椅子后面,以防被我发现。

护士打完了电话,目光游移但神情激动地挥舞着双手。

"吉塔,我给你倒杯茶,会好的,一切都会好的。保持冷静。奥特拉阿姨在来这里的路上。天哪,来这里,快,快过来!"

她打开冷水管道的水龙头,强制性地握住我的手腕把我拉过去。

"你用手术刀把自己伤到了!"

她用冷水冲洗我血红的右手。但鲜血从我的左手滴滴答答掉落到地板上。我抬起胳膊,两处水洼悄悄形成:一处在洗手盆里褪色,一处在地上变成深红。护士用纱布按住流血的地方。然后抬起我的左臂,用冷水冲洗上面的红色。如果能用雪来掩盖它们就更好了。

护士海伦娜寻找着我的伤口,她的手指来来回回,翻来覆去地看。鼻子凑近我的皮肤,仔细地搜寻着,她的鼻尖甚至染上一块红色的印记。我的皮肤完好无损,没有伤口。她感到害怕,似乎想要尖叫,并且离开这里。我想轻声告诉她:要保持冷静,不崩溃,也不尖叫。她想跑,和罂粟一起逃跑,丢下这对湿透的双翼。但她得对奥特拉阿姨负责。即使是这样的一天,即使她被迫承受了太多。太多。

"上帝啊,我不明白到底是怎么回事,看上去……"

"圣伤痕。"奥特拉气喘吁吁地冲进来。

她给了我一巴掌。

望远镜

"准备好了吗?"

"准备好了。"

女邮递员把自行车靠在腿上,女人们绕着她围成了一个紧凑的半圆。她弯下腰,从袋子里拿出一个古旧的军用望远镜。人群一阵激动。娜塔莎把这个金属物品放在手里转了转,不知所措。

"我要用它干什么?"

"你永远不知道什么时候会用得上它。我用它看过屋里,看过花园,免得要白费一趟功夫——有些老人明明在家里,但听不见。我看到他们后就会大声一点儿叫他们。"

"她不是聋子。"

妇女们纷纷点头,像是齿轮上的玩具。

"你得看看里面怎么样了。有什么事就吹口哨,我们会立刻过来。"

"我不想这样做。"

娜塔莎把望远镜递给汉娜·玛拉,帮她用皮筋扎好梳理过的头发。

"好吧,那就我去。我们去好好看下劳希曼诺娃。"

斯多拉什从惊愕的境况中迅速恢复过来。他站直身体,走向出口。他摸了摸脖子,尽管芭芭拉根本没有抓他。

"劳希曼诺娃女士,我仅仅只是想把我的卡片放在桌子上,让讨论得以继续进行。我真的没有别的想法。我是真诚的。"

"但卡片已经搞混了。我过了很多年愉快的日子,假装那些事从来没有发生过。我们住在一个无人知晓的地方。我的第二任丈夫从没问过我,您想想看,连他都不知道。而您把这断片的故事连在一起,以此来攻击我,来定义我。我是谁?纳粹?要求被强奸的纳粹?您不能把这样的谎言贴在我的身上。我要走了。又是这样,走得不情不愿。不然能怎么办？但我们很快就会再次相见。不必害怕。很快。到时候我就不会满足于单单一个纪念碑了，你们这些混蛋。"

垂老的理发师克莱因，百岁老人克莱因，他晃动着双腿，面带困惑。一个月之后，或者半年之后，他就会把今天所有的事情忘得一干二净。

有时候我也像他那样慢半拍，今天才意识到前天发生了什么，明天才意识到昨天发生了什么。我不是按照事情本来的规律应对着生活，而是根据明天可能遭受的惩罚。但直到后天我才能弄明白。

他骨骼磨损的脑袋因好奇而抬起，从茧中醒来。他动了动面部肌肉，似乎随时准备在门边合影留念，从而记住今天。

"什么纪念碑？！"

"我今天来，只想和你们讨论的唯一一件事，就是建一个博物馆。然后在村中心的广场上立一个纪念碑。纪念鲁道夫·劳希曼曾经在这里生活。一个普通商人，一个被纳粹杀害的男人。其余所有的东西我都会给你们，用一克朗卖给你们。"

律师松开手，生气地戴上墨镜，为了掩饰他难以置信的眼神。我掏空了他的口袋。

我扶住坍塌的芭芭拉，抓紧我的手提包。

"但现在，先生们，因为议长的关系，情况发生了极大的改变。我决定收回所有的资产。相信我，这将是一场艰苦的战斗。你们也许会因此怒发冲冠，即便是克莱因抹了油的假发。"

理发师惊讶到颤抖，乱蓬蓬的头发贴在脸上，他大声尖叫。

"我的名字是玛利，女士，弗拉斯基米尔·玛利。我是个地地道道的捷克人，永远是个真正的捷克人。"

清新的空气

娜塔莎、汉娜·玛拉和黛尔巴娃女士绕过大楼，走在夏日扬起的灰尘里。她们停在会议室开了窗的下方。

"你听到什么没？"

"没。"

娜塔莎小心地放下头发，悄悄凑近窗台。她看到桌子上摆放着水仙花，白色瓷杯放在红色的桌布上。她看到伯雷德尼亚科的孙子们靠墙而站。她看到拉迪斯拉夫握着门把手。理发师像在打盹。丹尼斯不见了。

"她不在这儿！"

"谁？"

"劳希曼诺娃。"

"怎么可能？快用望远镜看看。"

娜塔莎鼓起勇气看了看，大声地嘘了一声。房间里的人转过头看她。

"怎么回事？"

男人们沉默了。

"我的天。拉多，过来。我给你看点好东西。"

她拿起一个签了名的小扁豆袋子。最后一个模糊不清的"爱"。她把袋子放到斯多拉什手中。

"怎么样，拉多？她上钩了吧？"

"你最好立刻走开。她要从那边走过去了。"

娜塔莎、汉娜·玛拉和黛尔巴娃女士蹲下去，躲在灌木丛后。潜伏着，望远镜依然架在鼻子上。

我走出市政局办公楼。

我的悲剧演变成了一场闹剧。大门边上茂密的灌木丛后传来一阵喧哗，我红肿的双眼看到三个人，一堆困惑的躯体，鸟在夜间的眼睛……是幻觉。我得离开这里。

在无声的燥热中我迅速走向汽车。这么多年过去后，我终于可以轻蔑地看一眼广场上的围观者和篱笆后面整排房子里的旁观者。看那些抓着铁丝网的人，看那些儿童欢快地赤身跳进气垫水池中。我轻蔑地看了看杂货店外的顾客。我轻蔑地看了看那个在广场上骑着自行车晃来晃去的邮递员。

亲吻它。

我对自己说。

我坐在不受困扰的司机旁。我花了很长时间让自己冷静下来，才终于意识到后座坐着我不停抱怨的孙女，还有丹尼斯。他在道歉，如耳语一般独白着。他看着我交握在腿上的手指。丹尼斯是个典型的男人。他不明白，关键时刻最应该做的，是闭上嘴。

三个女人躲在树枝后。起身，抖落灰尘，急忙回到杂货店。这让汗流浃背的人群更加好奇。邮递员突然停下，灰尘扬起，落在她的脸颊上。

"看到了什么？"

"没看到什么。虽然我很会用它。"

"你应该好好看的。"

"她戴的珍珠耳环是真的,小小的,脖子上也有。"

"那个年轻点的看起来心神不宁。"

"可能是怀孕了。"

"她像只孔雀一样。"

"那么,她要走了吗?"

"男人们会告诉我们的。等等看吧。"

我想单独待一会儿。我想他们走开。亲吻吧,所有的人。上帝,为什么要一直这样?

"下车吧,丹尼斯。请下车吧。"

他期待着我会说点别的。也许是愤怒,辱骂,或者哭泣。他愣住了,比我的话能得到的反应惊讶得多。

"我明白是怎么回事。您在坚持您的目的,医生。但您不该用这样的方式和他们谈论。您不能谈论……"

"我现在的目标是离开这里。"

"是的。当然了。"

"请下车。"

"好的。抱歉。"

"代我问候你的母亲。"

在普克里茨的路口,我们留下他逐渐渺小的身躯。小型监狱里弥漫着沉默。

深绿色汽车像赛车一样加速离开。娜塔莎默默观察着。暴风雨中，女人们慌张地眯上眼睛。

"轮胎不错。"

"她走了？"

"这不是显而易见嘛。"

邮递员从汉娜·玛拉手中拿回望远镜，调了调，自己戴上。接着她骑上车，骑进灰尘里。几分钟后她回来了。她停下来，靠着车把，给她们打了个信号。接着踩上踏板掉头就走。空气如此清新。适合极速地奔跑。

她们拥向市政局。

第三次归来

（二〇〇五年夏）

坛子里的露天游乐场

如此微醺而燥热的午后，电车叮铃铃地驶过。天气太热了，它也感到疼痛。布拉格把自己融进疲倦的身体里，在人们黏稠的肠子里冷却。她取下墨镜，毫无顾忌地冷眼看着太阳，直视裸露的光芒。她觉得自己与太阳一样平等。

在一处冷却身体的房间里，有人用力拉开冰箱门，随后又飞快地关上。煮扁豆，拌沙拉，炸肉排。香槟木塞"砰"的裂开，女人的声音那么兴奋。

劳希曼诺娃女士看着那张纸。上面写着，二〇〇五年，她的父母得到了平反。

丹尼斯像一个机器人般机械地前进。越来越慢，似乎需要人在他后面拧下按钮。

他小心翼翼地回头。没有被跟踪。就在刚刚，劳希曼诺娃医生冷漠地把他赶下了那辆深绿色的汽车，然后左转离开了。

在他的脑海里，疯狂的女巫骑在扫帚上互相追逐。附近有个沟，里面长满了成熟多汁的红樱桃。他熟练地解开脖子上的纽扣。他的腋下满是汗水。丹尼斯抬起眼，在车轮将午后炽烈的阳光反射过来前，用手掌捂住了眼睛。

他在交叉路口的草地上坐了很长一段时间。黄蜂嗡鸣，飞进他的耳朵里，困扰着他，亲吻他汗湿的脸。

黄黑色的鱼雷绕着他的脑袋飞，它们垂涎着皮肤，渴望穿透它，沉浸在新鲜的梨汁里。丹尼斯挥动手臂，想把它们赶走，但没能成功。他站了起来。

回到村里。

他疲惫地走过广场。娜塔莎和邮差忙着交谈，还有一群似曾相识的女性面孔。她们提着沉重的袋子，背包里装着融化的黄油和其他物品。一群参加旅行的人等着上车。其中一位走到人群边上，把头巾戴到眉毛上，然后义愤填膺地走回去。过了一会儿头巾又滑到脖子上。她把灰绿色的头发推到太阳穴后。邮递员任由她的望远镜在人群中传来传去，一边听她们叽叽喳喳，一边调整角度。

这群女人走到了丹尼斯身边。

村庄在震荡，像是即将崩坏的蚁丘。看起来和别的日子没什么不同，但仔细观察一下，就会发现每样事物、每个人都激动不已。女人们激动地讨论那个冷漠无情又没有礼貌的"德国佬"——她们这么称呼劳希曼诺娃女士。她们因丑闻而兴奋不已，每个人手上都拿着一个签名包装袋，仿佛那是某种武器，某个未爆炸的手榴弹。

斯多拉什已经说完了。他歪曲并且扩张了整个故事。他把手里的种子扔向风中。但他只抛洒了一部分种子；真实的那部分，他藏在自己家里，藏在床下。世界上没有任何一个水井可以浇灌他喉咙里的种子，更不会把它们冲走。

我想在布拉格的公寓打个洞，蜷缩起身体，躲进去。躲进那美好的沉默。普克里茨的沉默是可怕的。但我的女儿和我的小孙女安娜在等着我。她们完成了每周必须的购物计划，正在整理东西。

我的心脏感到疼痛。奇形怪状的螺丝刀在我的胸口乱划。

她们好奇而焦虑，安娜甚至感到紧张。她们收拾了我的东西——我把记录普克里茨的蓝色笔记本留在了桌上，我忘了把它们锁在装文件的白色盒子里。我总是这样。我离开公寓前，书页是敞开的，被墨水印透；从那里回来后，我便活在冰块下，每个人都踩着厚厚的滑冰鞋在上面欢快地滑行。我的小姑娘们脸红通通的，不敢喘气；她们为了一个神秘的奖赏而赛跑。眼睛转得飞快。她们赢了。她们全看完了?!

我走向我的书桌。纸被碰到了，打开的信封上是官方的邮票。

最后一根稻草。

今天的稻草。

丹尼斯在语言的轮盘上翻滚，无法跟上内心的节奏。

"那个疯狂的老女巫想要回一切，但现在早就不是给别人当奴隶的时候了。"

"一直都不是。"

"但她们会买走全部的东西，连小木屋都买。之前有一个开高档车的德国人过来想买大师欧耶茨基的小木屋。但我明明白白地告诉他，它属于一个伟大的捷克演员，一个在著名的美国动作片里面演过戏的演员。这个小木屋绝对不会卖的。"

灰色头发靠近娜塔莎，然后被放进了围巾里。

"这样的话，娜塔莎，你们两个和你妈妈就要糟糕了。她肯定会先卖别墅，你恐怕得换个店面。"

"黛尔巴娃女士，我们会想办法的。不会有任何问题。"

黛尔巴娃双手交握，紧张地走向邮递员。邮递员透过望远镜看着走过来的丹尼斯，心中充满爱慕，她从头看到脚，又从脚看到头。

"想想吧，是我妈妈帮她来到了世上。"

邮递员摘下厚厚的眼镜，拍了下额头。

"那些扁豆袋子怎么办？"

旋转木马在加速，动物们彩色的脸随之一阵振荡，椭圆形的嗡嗡声模糊地传到丹尼斯的耳朵里。

"我爸爸说他们不能强行驱逐我们。"

"有人会把她关起来的。"

"或者一拳打向她自命不凡的鼻子上。"

旋转木马在笑声中吱呀吱呀地转着。

丹尼斯逃开这些女人说出的言语禁锢中。他想着他的妹妹——为了合群，娜塔莎被迫学会了这些。或许她一直都是那样。也许他丢失的耳朵无法感知声调的变化，也没有才能去设定他的嘴角。重要的不是说话的内容。重要的是谁做了什么。女人们对此都清楚得很，所以她们毫无顾忌地浪费着词语。任何人都可以就任何事发表任何意见。

他的妹妹，她只有一件事可以亲自定下音调。

"好了，女士们。瓶子里还有葡萄酒，快喝吧。"

旋转木马停下来了。这是一首它不知道的副歌。

丹尼斯走向他出生的房屋。走向劳希曼一家的旧居。

聚集在广场上的人越来越多了，旋转木马开始了新的一轮。村民们聚集在一起，一条团结的散兵线。小小的嫉妒和冲突不见了，邻居间的争吵不见了。他们的愤怒全朝向同一个人。一致对外。

我今天所说的一切，打破了作为一个医生的誓言。我越过了界限，但这是可怜的娜塔莎唯一可以吹奏的东西，不然……

丹尼斯的右手食指放在左手手掌上，他的手心干燥异常。旋转木马在他的身后加速运转，直到如魔鬼一般急速，他们最后的力量再也无法抵抗离心力……他应该转身。但普克里茨的人们不会愿意听他的辩解。他们只听得到旋转木马的旋律。它隔代传播着。像传染病一样。私刑处决前的颤抖。丹尼斯按摩着干枯的手掌，这么可怕的气氛。医生，你最好永远不要再回来了。

丹尼斯听到了自己的名字。从教堂那边传来的急切的声音。劳希曼诺娃在红色的圆顶塔下悲伤地呼喊他，怀里抱着的婴儿隐藏在熔炉炼狱般的光线里。丹尼斯抬头，星星在他的头顶盘旋，又消失不见。他擦了擦额头上的汗，再次听到呼喊声。

娜塔莎。

她大声说着，她会回家吃晚饭。她要先去汉娜·玛拉那里。她的丈夫乘下午的班车过来，他一定很期待刚出炉的新闻。

"记得告诉妈妈。丹尼斯，她一直在等你，但你最好什么都不要告诉她。至少不能随便乱说。不用说得太细,她年纪太大了。"

红色的天鹅绒

丹尼斯走回宅子,打开门锁,走进大门。他把手放在门把交缠的蛇身上面。母亲褪色的围裙挂在入口处的架子上。进门右拐通往餐厅和厨房。他走进去,背后一阵刺痛。刺痛继续增强,噪声逐渐清晰。继而变成无法理解的语言的一部分。

厨房里摆放着一行行腌菜瓶。到处都是。瓶子经过仔细清洗和分类,码成四列纵队,在阳光下闪闪发亮。桌子上有一个黑陶碗,里面装满了樱桃,隆起成一座暗红的小山丘。电炉子上的四个灶台全被灰色的果盆占据了。厨房的操作台上也堆着一碗碗大小不同颜色各异的樱桃。叛逃的樱桃滚进了不可入的缝隙间。

丹尼斯试图处理空间不够的问题。他把几个亮闪闪的罐子推到一边,从水池里拿出一个不锈钢的金属壶,打开水龙头接水。最后他放弃了。他把壶放回水槽,拿起自己的杯子,把咖啡粉倒进她母亲棕色咖啡壶中,褐色的粉末溢出,落在他的皮肤上,黏住他的指尖。茶壶放进柜子时发出一声巨响。他从装满东西的冰箱里拿出放在装着苹果汁的瓶子上的两个西红柿扔进水槽,果皮裂开,暴露里面红色的果肉。他直接喝着苹果汁,手指在瓶身上留下棕色的印记。

然后他才继续聆听微弱的声音。

这间大房间原先是个卧室,墙上挂着两幅马蒂斯和塞尚的真迹。画作是三十年代初乌尔丽克·劳希曼诺娃从巴黎带回来的。几十年来,盲视的淘金者们都不曾认出这个宝藏。

丹尼斯的母亲坐在电视机前打盹。

她很少离开椅子。

"怎么样了？"

一切都像炎热的沼泽那样在咕噜咕噜地冒泡。我走进厨房，托盘上放着在一家甜品店买的饼干和三文鱼三明治，里面还夹着橄榄和奇异果片。亮闪闪的高脚杯反射着灯光，保护着身边的食物。我打开冰箱，取出香槟，冰箱的碗里装着猪排和小扁豆沙拉。我是我公寓的陌生人。我开始反击。

"你们为什么要动我的东西？"

"我和安娜给你带了些晚餐，然后搞了下卫生。你的桌子简直一团糟。"

"是吗？"

"我们真应该留着给你看的。但今天是一个重要的日子，是你回归普克里茨的日子，我们想和你一同庆祝下。"

"你看过了对吗？"

"要来点咖啡不？"

女儿打开厨房的水龙头，水缓缓流进壶里。这是她拖延的手段。

"你到底看了没有？"

"只看了一眼。为什么你从来没跟我提过这些？为什么一直不写住院申请？"

"我不想回去，我不想打开它，我不想撕下创口贴——你的外婆要是还活着，大概已经一百岁了。但她埋在我心灵的深处。我的爸爸也是。我想复活他们。这就是我的理由。而且……你别担心。这是我的……事情。"

"我们当然担心了。如果芭芭拉要帮你处理一些法律上的事情,那至少她应该知道一切。她看起来很忧郁,到底发生了什么事?"

问号撞上餐具发出了回音。这个健壮聪明忙碌的女人,我生下来的女人,穿着白色的棉T恤和短裤——一套不符合她年龄的着装。她说的最后一个字对着浴室——芭芭拉消失的地方。门被锁上,淋浴的声音响起,却依然没能掩盖住她的哭泣。绽放的喷泉。这样的经验我有过太多次。她可能也一样。

"那些普克里茨的记录都是我的。你在这里乱翻乱扔,好像它是什么废品。"

褪色的猩红天鹅绒窗帘合上了。窗帘盒岌岌可危。淘金者捕捉着飞扬的尘埃和阳光,越变越重。她的腿边放着镶蓝边的雪白瓷盘,和她满面皱纹、饱经风霜的脸形成了鲜明对比。盘子里装着黄油糙米卷。电视里演员在侃侃而谈。精心修饰的人体模型在一个精心装饰的盒子里,像甲虫一样爬出屏幕舒展身体,坐在电视上摇晃着腿。他们爬上窗帘,又爬下来,再钻回到电视里。女人在世界各地的肥皂剧前度过了一个又一个下午,手时不时地伸进碗里取食。方盒子里的人在呼喊,徒劳地朝他们忠实的观众挥舞手臂。

她看到了窗帘上的裂纹。金色的光线从那里透进来。锥形光束照射着她架在椅子上变得疼痛的双腿,又转而在壁炉的黑色帷幕上移动着——一个从未被使用过的、打了蜡的壁炉。

"那么,她来了。"

丹尼斯毫不意外他的母亲如此直接的问法。没有问候。游乐场的声音传了过来。

"她来了。"

"怎么想的！一个人？"

"带着律师和孙女。"

"她有一个孙女，是吗？而我……"

母亲责备的目光落到儿子灰白的太阳穴上，然后又转回光亮的空白处。

"娜塔莎让我不要说得太细。她从店里跑出来，看了一眼她的眼睛，扔掉垃圾，然后跑了回去。我本来想悄悄复印点东西，她给了我一点别的东西。结果我们就只谈了泡菜和果酱。"

"她不想你生气。"

"哈！又是这句话！她老是叫人不快，她什么都不知道，只关心自己的商店。她以为我什么都不知道，一点线索都没有。其实我比她想象中知道得更多。我从这儿听到一点，从那儿听到一点，然后拼在一起。你也一样，你比我更聪明。"

丹尼斯不耐烦地用手指抓了抓头发。

"这是可以理解的，娜塔莎担心她的房子和工作。她希望你能帮助她。"

"所以呢？劳希曼诺娃女士会回来吗？"

"调解会上发生了一些不愉快的事……她和整个村庄……主要是和拉迪斯拉夫无法达成一致。"

"随便吧。"

"法院会裁决这件事。"

"别把我当傻子。她能拿回去吗？"

"不好说。"

"说真话!"

"法院很有可能会判她获胜。"

"把门关上。"

"什么?"

"过来坐下。先关上门。不,等等,给我从厨房拿一个碗来。"

"厨房里到处都是樱桃,没有空碗了。"

"那就把锅拿来。"

旋转木马上的旅程

她等不了了。她担心自己会改变主意。六十年来,她一直在积攒勇气。

丹尼斯走回来,手上拿着母亲热牛奶的壶。女人抓住塑料手柄,指挥儿子从瓷盘里倒出糙米卷。黄色的糙米卷一层叠着一层。丹尼斯摇了摇再往里装,直到再也装不进去,直到它们在欢快的流淌中溢了出去。丹尼斯想从波斯地毯上把溢落的糙米卷捡起来,但他的母亲再也忍不住了。

"就那样吧。我让你关上门。你怎么跟娜塔莎一样总是把事情搞砸?"

雪白瓷盘的底部露出奇特的蓝色装饰,她把盘子紧紧捧在手里。

"一个字也不要跟娜塔莎说。"

她把盘子举过头顶,递给丹尼斯,像是温网冠军展示着自己的奖杯。

"你看到了吗?!"

"妈妈,你最好休息一下。"

"看到了吗?"

她的手无力地落回腿上。

"这也是她的。它属于年轻的劳希曼诺娃。我第一次见到她时,她的手上就拿着这个盘子。我为什么要管这个房子。我一辈子都住在别人家里。我也参与了瓜分。"

"做决定的不是你。"

"你会惊讶的。"

"舅舅跟拉达和我讲过很多次……县里派了一个刑事委员会来普克里茨,一共有三个红卫兵,如果有人反抗……"

"给你讲这些童话故事的是斯多拉什舅舅,对吗?"

母亲大笑着说。盘子快要掉下去,丹尼斯小心地从她手里拿走。他不知道他该怎么做,只好把它放在母亲胳膊肘下的椅子上。

笑声变成抽泣,穿过枯萎的身体。

我回到我的书桌前。急匆匆地合上本子,把信装进信封里,一股脑儿全塞进盒子。

芭芭拉脸色苍白,红着眼走出浴室,女儿寻求她的帮助。芭芭拉筋疲力尽地坐到椅子上,朝她的母亲打了一个手势,让她保持安静。

"什么都没有解决。和解是不可能了。该怎样就怎样吧,让法院去解决。"

我紧紧抱住的箱子压痛了我的胸口。我说的任何一个词语都会引来入侵者的侧目。它只属于我。我把箱子放在桌子上,手指用力抓住它。我体内的节拍器继续发出越来越快的奏鸣。

"这些东西,都是曾经日日夜夜折磨过我的东西。这是我的,不是什么女用人的小说,不是什么睡前故事。我不想任何人翻看它。"

"任何人?我们是你的家人。你没有其他任何人。"

"但你有。你最好去伺候你的丈夫,那个电车专家。免得他去找女人,找一个年轻苗条的女人。"

安娜双手搂住芭芭拉,翻了个白眼。她们习惯了这样的争吵。这一次我的女儿没有顺从我。她走上前,端来一盘晚宴上的面包片。我一把掀翻了她手里的托盘,再把盐罐拧开,把盐撒得到处都是。一切都在咕噜咕噜地冒泡。

"我的丈夫是个好人。你害怕的是他看穿了你。你永远只关心自己,自私得要命。你现在是要侮辱我吗?!"

"你想从我这里得到什么?我什么都没有。只有普克里茨的那些里面满是虱子和虱子卵的房子,到处都是。我连我的儿童椅都拿不到。那时我只想给我的儿子用。为什么要让你知道在你之前我还有过一个孩子?他只活了四个月。他已经死了。我的第一段婚姻也死了。你想知道什么?你想要什么?"

"我什么都不想要。我过去唯一想要的是你答应给我的小盒子,外婆的小盒子。挂在你的脖子上,像个银色的小太阳。我伸出手去够它,握在手里。我从小就想要。但你没有给我。你说这是外婆乌尔丽卡的,有一天我会把它送给你,你再把它送给你的小女孩,它是我们的幸运项链。但不是现在,亲爱的,现在不行,把手放开,不然我就要拿开你的手了。去你爸爸那里,我要工作了。空话连篇。天知道你都做了什么。"

神秘的笑夹着泪水逐渐消退。一意孤行替代了它。

"我哪里都痛。时间不够了，我快要离开了……我会告诉你一切。告诉你！"

看不见的争吵。自己和自己的争吵。

"我会完完整整地告诉你，至少有一个人知道。"

她从巨大的皮革扶手椅上起来，挣扎着离开了那个二十世纪二十年代从伦敦订购的椅子。原产的英国式样，红褐色的手工抛光牛皮，人工打制的榉木，特殊的装饰，稳固的实木脚。人力车师傅拉着一个沉重的车厢。就让丹尼斯帮忙吧，她太累了。蜷曲的手指抓着蓝底的瓷盘，紧紧地抓着。

她低声说话。尽管很累，她仍旧站了起来。她看了看椅子后面，又摸索着里面。深呼吸，她拉开沉重的窗帘。没有人站在后面。没有鞋子，没有裸露的脚趾。窗外没有野兔耳朵，也没有双筒望远镜。她放下心来，走回她的王座。

几分钟后，她又跳了起来。

烧不起来

丹尼斯没有打断她。词语急匆匆地蹦出来，尾音被吞噬。她在讲劳希曼诺娃第一次归来的故事。那时所有人都震惊了。村子已被贪婪地瓜分。战争结束了，美好的未来摆在眼前。每个人都得到了实质性的奖励，每个人都拥有自己的土地。所有的人突然富裕了，人人平等。没有人想过别的事情,他们仿佛置身于天堂。每个人都得到了均等的一部分。按需分配。如果有人能预想到,战争结束后的几个星期劳希曼诺娃会回来,斯多拉什和他的人一定会搬到别的地方去。但一切都被确认和证实了。拉迪斯拉夫揽住怀疑的肩膀,劝解他们。

"他们都死了。即便没死,劳希曼也是一个资产阶级,一个德国人。就算回来也会被锁起来。这里是个捷克村庄,干净快乐的捷克村庄,每个人都有权拥有自己的屋子,我们赢得了战争。"

女人站起来,检查窗帘后的安全锁和椅子下面的阴暗角落。干净的空气。

"他有权力的,丹尼斯。他从集中营回来了。"

"劳希曼诺娃医生也回来了。"

"他活了下来。像吉塔一样。"

为什么要一次又一次地回去。

为什么我的女儿不能代替第一个孩子,鲁道夫。即使我身边围着成千上万的后人,那黑色的悲伤也一直停留其间。

我刚出生的女儿是一个公正的侦察员,传达着净化的信息。我体内的熔岩逐渐冷却,三个国王灌进我体内的污秽渐而干涸,直至消失殆尽。我歇斯底里地分娩,害怕发现一个婴孩竟然从我被污染的血液和腐烂的肉里出生。星期一我宫缩了。早餐之后我的丈夫去讲课,我收拾着餐桌。两个盘子,两个杯子,两个勺子,糖碗,盐瓶,樱桃果酱,黄油,熏奶酪,蛋壳,约翰的剩饭。

我用手抹走桌布上的碎屑,忽视了前期的信号。要保持完好,不崩溃,也不尖叫。我在洗碗,不停地深呼吸。当我把镶金边的杯子放到桌上时，小腹跳动的节奏蔓延到全身。熟悉的锤子砸向我的头部。稻草轻柔的触摸让我的头痛苦地膨胀。我忽视了我的身体。翻开活页日历，我痴愣地看着标红的日期。

"今天是周一，但我的预产期是周三。今天是一九六三年的周一，但我的预产期是一九六三年的周三。今天是周一，但我的预产期是周三。"

我试图用这几句愚蠢且毫无意义的话阻止这次分娩。念了几个小时，滚过来又滚过去，像一个停不下来的摆钟。我在和自然对抗。痛哭，扭动，双腿交叉压着双臂。我想用刚硬的铁线缝住我的大腿，缝住出口。这一定是可怕的报复，报复我没能保护我第一个孩子，我的儿子。一阵阵痛苦让我倒在地上，恐怖的信息。我用了九年去忘记我同学的一句话，一个妇科医生说的话。

"在你现在的年纪，生第二个孩子绝不会有身体上的问题，但我们担心你的精神状况。"

女人吃着黄色的糙米卷。

"不能反抗，丹尼斯，没有办法反抗。新的生活开始了。那些没有赶上的人失去了得到东西的机会。我也疯狂了，陶醉其中。再也不必在田里为他人工作。我突然有了自己的田地、花园和苹果园，还有一个精心装修过的大房子。毯子，毛巾和两把椅子，这是我和你的父亲带来的所有东西。我们搬进来看守这个地方。拉迪内克说，敌人不会睡觉，夜里仍然会攻击。所以我们留了下来。后来宅子被分成了五份，邮局办公室占了大厅，前厅变成了商店。那时我怀着你。一切都从头开始，时代不一样了。大家怎么说我就怎么做。但新生活的某些事情让我非常难受。"

女人示意丹尼斯把拐杖递过来。她靠着壁炉，举起一支拐杖挑开帷幕。没有人在后面。她又走回来。

"我无法忍受厨房里的一把椅子。"

"椅子？"

丹尼斯累了，他想吃点什么。最好能洗个澡，躺在沙发上睡一觉。关于家具的对话让他烦闷。这个夜晚每个人都那么疯狂。他开始焦虑，他为什么要听这些过去的故事。

"那种小孩坐的椅子。之前上面放了一盆花。我想烧了它，你也许觉得可笑，但这把椅子上画了一只大眼睛的熊，它一直盯着我，无论我走到哪里。我没有烧掉它，我害怕。我把它从一个房间搬到另一个房间，搬到了屋子里的每一个房间。最后放进棚子里，也许现在仍在那里。"

夜里，我在客厅里分娩了。约翰抱着那个鲜红的身体，仿佛颜料泼在了上面。我忽然感到害怕。但他给我看那个女孩，健康又美丽。我扑上去，把她接过来。告诉我的丈夫应该怎么做，在哪里等待胎盘排出来，在哪里剪断脐带。医生讲过的知识在我脑海中一一浮现。

女人躺在血淋淋的蓝色沙发上，全身都是汗。她穿着长裙，蓝色的上衣，右脚的袜子被蹬落，悬挂在脚趾上，像顶帽子。一个说谎的女人高兴地抱着裹在白色毛巾里的婴儿，歇斯底里地哭泣。大理石般苍白的男人，拿着一把剪刀，站在那里。

一只泰迪熊。神啊，救救我。

丹尼斯去厨房拿果汁，他母亲最喜欢的苹果汁。她冷静下来呼吸，舔湿她干裂的嘴唇。

一只熊。游乐场在召唤，旋转木马就在不远处，一场木偶戏正在上演。丹尼斯感到压抑。风暴之前的闷热。尘土飞扬的幕布驶入轨道，沉重红色的帘子打开了。丹尼斯坐在观众席，腿伸直，放在前面的椅背上。他不知道这出戏的作者，不知道这出戏的名字，更不知道这出戏的流派。观众席上只有他一个人。面对唯一的观众，字幕朗读着他的独白。没有第二次演出，为了保护他的母亲和其他人。数年来到处都是眼泪。它们聚集在一起，应该握住它们吗？丹尼斯揉了揉眼睛。一切过往都消失不见，他重新回到了起点。一个不知所措的男孩站在朦胧的黄昏中。真相的链条把它们包围，缠绕住正常的生活。几个小时就足够，他的人生在回首时带上了某种奇怪的味道……世界里外翻转了。等丹尼斯恢复过来，他将无法记住之前是什么模样。即便在同样的背景下。

他擦拭果汁盒子上的褐色指纹。用一块缝补过的褪色格子布。手指夹着眼镜的边缘。走回房间。

年迈的母亲和中年的儿子在窗帘后谈了许久。一直谈到了傍晚。

直到女儿四个月大后，我才肯让她离开我的怀里。从她出生的第一秒起我就抱着她，触碰她，轻抚她幼小的身体，在她毛发纤细的耳朵边私语，和儿科医生在电话里争吵。我从不让她离开我。我们一起在白色的浴缸里沐浴，小小的婴儿浴盆像小船一样在水里摇摇晃晃，盛满了泡沫。我需要用马桶时，她也跟着我一块去。我小心地坐到马桶边沿，好让双腿之间未愈的伤痛不会觉醒。宝宝裹在羊毛披肩里，紧紧攀附着我的胸口。超过了时间的限制。我必须保护我的小女孩。我像是被催眠了。四个月来,我不肯走出公寓,不回应任何门铃。那对我来说是死亡的铃声。我拒绝把她放进婴儿篮里,我不愿意失去彼此身体间的接触。我对外封闭了自己。我的小姑娘从来没有哭过。有时她会发出一些想要哭泣的暗示,轻声呜咽,我马上就会理解。我们学会了理解彼此的语言,学会了唇语,学会了回应。我脱力的手臂从来没有放下过我的女儿。感谢奥特拉阿姨为我付出的一切,感谢我医院同事的帮助。感谢我的妇科医生,她一直在和愤怒的儿科医生还有我的丈夫交谈。我最终没有去住院。

"她快要疯狂,我们不能让她这样,这不像是产后精神病的表现。"

约翰直白地说着这些事情,好像我只是个东西而已。他知道我听得到。妇科医生反驳他。

"恰恰相反。我们必须让她这样。只有这样,她才不会疯。她压力很大。她已经失去了一个孩子。"

我困惑的丈夫,我博学的学者,疲惫地挪进厨房。他把牛肉按规矩切开,啃着奥特拉阿姨为他准备的三角形肉块,玩黏土一样把面包揉成一个个小球,然后放进嘴里。

沙沙作响的脚下

女人慢吞吞地啜饮,带着甜蜜的苦涩呼出一口气,用长斑的手背擦擦嘴。就像丰收时,干旱的一天就要结束,席地而坐,喝上半公升被露水沾湿的凉啤酒,四周唯有簌簌的声音。

"去年我还自己做过苹果汁。从我们园子里摘的苹果。这种冒牌货完全不能比,根本算不上果汁。"

她耐心地把颗粒起伏的空玻璃杯摆在和丹尼斯连成的直线上。她终于喝完了那半杯果汁。

"确切地说,是从他们的园子里。"

母亲的忏悔令丹尼斯感到厌烦,面具被打落后的老太婆一次又一次的忏悔,对于一个男人来说实在太多了。他想解决早上在市政局的混乱,他试图从里面挣脱出来。可能烧不起来,母亲沉默了一生,也许只剩下几天;下周他得再回来。

"你没罪,当时是特殊时期,要忏悔的该是别人。我没有很多时间,你可以跟我讲讲普克里茨有什么新鲜事,人们……"

"要是我不同意,哥哥会杀了我的!"

她抓住丹尼斯的手腕,力气大得惊人。这让当医生的儿子心里倍感安慰,母亲精力充沛,充满活力。

女人五个破碎的指甲掐进皮肤,他反感地拿开它们,放在椅子边缘,好似扔掉废弃的物品,或者是清理炉灶堵塞的管道一样。她愤怒地看着眼前在方形屏幕上跳动的人物。

"关掉它。"

"不!"

"你又没有看,不如——"

"当我偷偷照看吉塔时,为了不让她饿死,为了能让她逃脱,我那么害怕,我每天每天地失眠。因为一旦被拉达或者你父亲知道,我就跟她一样完蛋了。"

我从冰箱里拿出两块沾满面包屑的鸡排,拿到桌子上放在一块,包进锡箔纸里。

我把家人关在门外。

但同时我又多么地需要他们啊。我必须知道他们在关注我,不会任由我淹死在为自己准备的沼泽里。我不停蹬脚,但是总有人把我牢牢地夹在腋下。奥特拉阿姨拥抱着我,她说,我是一只手无寸铁的鸟,偶尔会突然变成嗜血的猛兽,啄向周围的一切,撕咬并拉扯出大团的血肉。连自己也不放过。

我拿出新烤盘,烤盘的反光让我看到自己脸上的表情。我呢?我把谁拉入了自己的生活,抱进了自己的怀里?

丹尼斯揉了揉手腕上的五道印痕。他知道自己被困住,已经无法逃脱。

"关掉电视。"

"不!"

丹尼斯不想吃糙米卷。母亲拿回来抛进嘴里,在字与字之间嚼碎了它们。

"我不知道你之前就认识劳希曼诺娃医生。"

"战争结束时我就认识她了。我救了她的命。"我拍了拍她,免得她在这里无人关心。

"你救了她?"

"是的。"

"难怪她那么郑重地问候你。"

"什么时候?"

"今天早上。"

"她还问候过……别人吗？"

"只有你一个。她说，请代我问候你的母亲。别人听上去可能会觉得是威胁，说不定我们什么时候就会失去了头顶的屋檐。我做了件糟糕的事，我说……"

"什么？"

"没什么。"

苹果树下的茶点

丹尼斯站起来。

"别讲了，妈妈，冷静点。别再为这件事苦恼了，这些没有意义，一切都过去了。根本没有人在乎。法院会作出判决，我们等着吧。现在快去休息。等秋天到了，娜塔莎会给你多做一些苹果汁。她喜欢做这件事，摘苹果，我们也可以跟本地人买一点，存起来，然后榨汁。"

丹尼斯的嗓音极为冷漠，他往杯中倒入果汁。他不耐烦了，他想独处一会儿。手风琴的嗡鸣声和狂欢者的欢呼声一直在他的耳边徘徊。

皱巴巴的手伸出来，从他的手里接过杯子，叮当一声扔到地上。

"妈的！我讨厌这个血红的果汁，一直都是，我讨厌它！"

淡黄色的液体从墙上流下。壁炉前面的黑帘子也沾上了。电视机脸朝外，嘴张开着，舌头等着喝那新鲜的果汁。杯子完好无损，滚到了橡木门的边上，光线透过它折射出去，在地毯上留下一幅智力图片。

"知道为什么我这么多年只喝苹果汁吗？你知道吗？"

盘子滑落，波斯地毯缓和了它坠落的声音。丹尼斯疲惫地弯腰把它捡起来。当母亲的五齿叉又一次钻进他的体内，他的肩膀一阵颤抖。他忍住转身的冲动，不去躲开它们。

"因为苹果是从那个苹果园摘下来的，你知道。不是其他的果园。这是我所受的惩罚。我从树上吸取汁液，吸取我的罪恶，好让腐烂的身体永远消失。我早该将尸体从土里面拉出来，但它已经进入了我的身体、我的头，永远不会消失。"

她们永远不会明白，这些蠢货。

芭芭拉疯狂地给她的母亲打手势。从打开的窗户里，我看到她的食指放在噘起的嘴唇上。

为什么我带给他人痛苦？我没有任何理由指责我勤劳的女婿，他独自带大了他的女儿们。也许是他的知足让我感到生气。我想撕碎他皮肤上的铝箔。

芭芭拉夸张地举起手。

"嗯，不错的一天，是吧。一切都会好的，一切都会好起来的，会好的。我们来看看有什么可以吃的，好吗，外婆？你一定饿了。安娜说冰箱里有香草冰淇淋，我们可以凉快凉快。要不吃点奶油和樱桃吧，一切都会好起来的，都会好的。"

"我想喝荨麻汤。"

"什么？"

"荨麻汤。我们在特雷津喝过的，你想尝尝吗？用一片叶子就可以煮好。我想喝点荨麻汤。"

"放松点,冷静下来。"

丹尼斯尽可能地不去刺激他的母亲。她在跳一个诡异而滑稽的舞蹈,他不能错过的表演。这座宽大的房子和广场上的游乐场遥相呼应。他开始觉得,叫她母亲是一件尴尬的事。他们现在同处一个年纪,几十年的差异并不会妨碍这一点。

她失去平衡,靠在丹尼斯的肩上,但却无法放松下来。她生气地把拖鞋踢向丹尼斯试图捡起来的盘子上。剧烈的运动和喋喋不休的演讲让她呼吸急促。她的声音充满了激情。

"因为,吉塔的归来不是第一次冲击。不是。她的哥哥先她一步回来了。大家都以为他会马上离开,就像他仓促地回来一样。只有几个人知道他一直待在这里。而今天只剩下我一个人知道。克莱因已经疯了。只有几个人知道他曾待在这里。"

她呼吸困难,抓着丹尼斯的肩膀让自己不那么痛苦。

"他留在了这里。"

她拿起丹尼斯的杯子,贪婪地喝完苹果汁,直到一滴不剩。果汁从她的嘴角流出,混着口水滴到她黑裙子的领口上。

第二次救人的荨麻

丹尼斯用纸巾擦拭着母亲的衣领。他不会再给她倒果汁了。他跪在扶手椅前,仿佛在忏悔。

"你在胡思乱想。人在紧张时很容易陷入幻想。尤其是在回忆一件过去的事情时。劳希曼诺娃的到来让你害怕,一切被混乱地编织在一起，这在你这个年纪很正常的。"

"就像是昨……昨天一样。"

女人挣扎着站起来，朝儿子伸出双手。丹尼斯退缩了，他不想走进她的怀抱。她抓住他的衬衫，把他拉过来，他的胸膛随即暴露。她摇晃着他。

"他就在这里，听我说，安迪·劳希曼，和你一样聪明。他当年十八岁，比我年轻四岁。吉塔回来前几天，他从集中营回到了这里。他大吼大叫，说要去特谢比采或是去布拉格，告诉别人我们是怎样无耻的窃贼。他在广场上，坐进了卡贝赫尔的车。那个可怜的小伙子，他以为这是一个天大的幸运。他们没走多远，你的爸爸、拉迪斯拉夫和伯雷德尼亚克，抄近道穿过了犹太人墓地。他们希望劝服他不要去告发他们。他们想知道他在想什么。他们害怕了，毫无疑问。他们在这间房子里审讯了安迪，晚上又把他关了起来——就关在娜塔莎放行李的地方——把他关在那里。第二天早晨，当我们把他拉出来时，他几乎已经窒息，但他活了下来。他仍然在叫嚣。他们又把他锁进了谷仓，绑在梁柱上，让他饿着。伯雷德尼亚克和拉迪斯拉夫有时候会去检查，看他还有没有呼吸。你爸爸也会去。最后他们把他埋在了苹果园里。"

"荨麻汤。配上面包和熏肉。我们可以请人帮我们切成片。"
我为什么这么对待她们?!
不可理喻。
我身边的这三个女人只是想帮我。我什么都不想告诉她们，知道真相会让她们也同样痛苦。我在拒绝她们。侮辱她们。

这也是她们的故事。如果我把她们推走，让位给死亡，我就永远推不开邪恶的圆环。我把自己的需求和痛苦凌驾于她们之上。她们没有经历过饥饿，不知道两汤匙的荨麻汤是什么味道，没有听过毒气室里拼命呼喊的声音，这不是她们的错。但这也是她们的过去。甚至可能是她们的未来。

她们无法理解我的世界，连我自己都没办法理解，这算谁的错呢？我一辈子都在给别人传递错误的信号，那些却被当作了真实。

她们的人生是我故事的一部分，也是其他故事的一部分，世界上每个人的人生都是由一个个故事组成。万物皆有时，时间前进后退，没有阻碍，没有盲点。

但我依然不想她们介入我的故事。我想自己把它们封存起来。我冷漠地看向她们，让她离开我的公寓。我不想听我的女儿讲她的逆耳忠言，我不想听她的等等等等。

"我，爸爸和奥特拉阿姨只能让步，你周围的空气那么糟糕，那么让人难以忍受。你从不关心我们的人生。但爸爸那么爱你。你的冷漠杀死了爸爸，现在也快要杀死我了。"

等等，等等。

她的爸爸很喜欢吃。狼吞虎咽，一直不停。他切肉片时几乎和做手术一样精准。先切一个方形，再切成三角形，均匀地切好合适的大小后放进嘴里。米饭要沿着盘子的边缘堆成小丘状，勺子里装着中式菜肉的混合物，在丘陵中心放下。如果要吃第二口，那就必须重新码好米丘。这次会小一点，只盖住盘子中央。我站在他的身边，小心地把辣椒从勺子里拿掉。

约翰是一位社会学家和历史学家。我每天都会袭击他：内心的隐秘宇宙要如何排列如何分类呢？要怎样做？外部行为和外部动作都是表象，所有的猜测都只能根据外部扭曲的形状。

他每次听完都会大笑，然后继续咀嚼。

灌木林里的粉红丝带

从木偶剧院出来乘上快速列车通往恐怖屋。熊拉着木制小火车的绳子，火车里装着僵硬的小娃娃。

女人放开丹尼斯的衬衫，坐回椅子上。她轻轻动了两次，调整好姿势。丹尼斯不能离开，即便他想这么做。他的腿停止工作，泰迪熊加速拉动的火车让他麻木。他凝视着他疯狂的母亲，像在看一个幻象，像第一次见到她。

他坐到红色的脚凳上——鲁道夫·劳希曼在英国打造的一组家具，英国红木家具中的珍宝。

"那个头骨……"

"是小劳希曼的。你挖出来的那个头骨。你用它堆过城堡。真恶心。"

她咯咯地笑出声。黄色的碎屑从嘴里冒出来，被一阵风吹进黑暗里。他的母亲用笑声指责他这个同谋者。

"你怎么……"

他停下来，咽下他愚蠢的问题。

"我怎么能忍受？没关系的，战争期间死了那么多人。如果没有照顾好自己，就会被忘记。我要把它留下，留在这个世界上。我不知道被这些过往折磨的我会怎么死。但我会向你忏悔，你那么聪明，你会照顾我。牧师只会告诉他热衷于收集签名的房东，如果地狱的火……"

母亲再次笑了。笑声又被急匆匆地掩盖。

"这么多年过去了，一切事情都清楚了。我们应该……"

"告诉警察?! 你觉得他们会怎么检查？一个无处可去的苏台德德国犹太人？"

"他不是苏台德的德国人，你弄混了。"

"那个男孩像骡子一样被绑着。伯雷德尼亚克和我的哥哥一过去，他立马就和他们厮打起来。我的哥哥用枪托打掉了他的门牙，不然没法摆脱这个水蛭。是你你也会这么做。但他们没有枪毙他。"

拉扯火车的绳子猛烈地一拉，几乎折断丹尼斯的脖子。火车依然没有停下。

"爸爸……"

"事情过去了……我们老老实实地活着。你爸爸认为他们没有做错任何事。这是事实，他们并没有亲手杀死他。杀死他的是饥渴。那个夏天太热了。没人对此表示异议，那个男孩子从那里回来，像个流浪汉，一条虫子。他本可能死在回来的路上。这只是延长的死亡之旅。"

"什么？"

"延长的死亡之旅，伯雷德尼亚克这么说的。"

"向家前进的死亡之旅？"

不，我没有听她们在说什么。我在堆牛排。

"我会给你点周末礼品。"

"妈妈,够了。肉是我自己买的,肉块是我拍打的。是我把它们裹进面包屑里,我炸的。而且我不只买了肉。"

"没人求着你买。没人求你。"

我把一块黏糊糊的不成形的牛排,夹在面包里面,抹了奶油,还放了一块三文鱼。

我把这个漂亮的馅饼包好,扔到我女儿的手里。

"真不错的庆祝。"

安娜从嘴里拿出一条粉红色的丝带,她把丝带拿在手里,用力扔向她母亲,然后拉着芭芭拉转身离开了。

"别叫了,我们这就走——我搞不懂你们两个怎么拿到的大学文凭。"

她砰的一声关上了身后的门。

丹尼斯无法理解他的母亲。完全不懂她。

他有点反胃,想要呕吐。他团团乱转,人生不再是他自己的了。他从远处看着自己,完全无法集中精力。他怕自己会晕倒。小火车在螺旋楼梯上盘旋,到达最顶层,到达阳光下。兴奋的木偶演员们跑出了木偶剧场,严格的木偶导演把控着现场秩序。

丹尼斯设法调整方向。

"劳希曼诺娃说她的哥哥在国外,移民了。"

"她有证据吗?不要跟吉塔说,一个字都不要。你我知道就行,丹尼斯。我们知道就够了。我把它从记忆里拿出来,用苹果汁清洗它,但当她再次回来时……她一九五四年的时候回来过,她仍然没有学乖。她站在门口,肚子里怀着孩子,我怕得要死,怕有人会知道……我给她送过面包。他们会像惩罚安迪那样惩罚我的——结束我的性命，没有人会注意。她再次回来后，丹尼斯，我一直做噩梦！我梦见我躺在桌子上，食物堆在我的身边，我怎么也碰不到，像是鲤鱼离开了水。我只想要一小口的食物碎屑。但最后他们把一块土塞进我的嘴里。呵，她又一次回来了。"

"你在干什么，妈妈，你到底想干什么？我们想好好地过着正常的生活，你却要把我们所有人都拉到这座独木桥上。"

她在拇指和食指之间比了一厘米的距离，"这么狭窄。我们跟在你身后，走在迷雾里。我们下面是一片沼泽，一个臭沼泽，跟着你这个愚蠢的圣人！"

我想干什么？我想锯开心里的长条。

她们离开后，我开始颤抖。一次又一次，我总是心口不一。崩坏的内心与语无伦次的词语。

我扔掉今天被扔给我的一切。面包屑从我手上剥落，干的，没有血。

无论我的孩子，还是我的孙女，她们对我的爱都不可能比我对自己的爱更多，更别说其他人。

不，我不希望和她们一起在我的回忆里跋涉，记住今天压在我身上的垃圾。我不想她们知道。但在普克里茨我可以释放我的回忆。显而易见，今天我的归去是多么不受欢迎。我在普克里茨净化了我自己，清理了装满过去的垃圾场。

我想干什么，亲爱的，我可以告诉你。厨房不够放置我的大脑，我的大脑外壳变成了一个立方体。头顶平坦，前额上的一根根线延伸到顶端。我是一个四角魔鬼。一个怪物。我的内心无力地呼唤着我的女儿。我是一个四角怪物。

木偶先生走在地上

丹尼斯无意识地坐在那张破旧的脚凳上,如同一个沉重的湿透的海绵。大脑拒绝工作,理智已然罢工,黑暗的空洞是自我防守。丹尼斯感觉到了手上的泥土,愉快的寒意包围着手指,但指甲缝很快就堵塞了,再往下伸幸福就会变成惩处。

他飞快地把他稚嫩的手指拿出来。

成年人丹尼斯看着自己修长结实的手指,男人的手指。消毒剂漂白了它。指甲修剪整齐,白色的月牙躲在指甲下。手指上有一道道横线,关节处歪歪扭扭,横纹也更加深一些。他陷入了时间的旋涡。在手指组成的虚线处,线段消失不见,被点代替——那些毛发之间几乎无法察觉的雀斑。一根线连接着他和安迪·劳希曼。这根手指触摸过劳希曼的头骨。这根手指敲击过劳希曼的头骨。这双手把沙子装进劳希曼的头骨。那个一心回家的年轻人如此悲惨。

"那个一心回家的年轻人太惨了。"

"是啊!"

女人伸直膝盖,想缓和下气氛。

"他应该得到妥善的安葬。"

"不,丹尼斯,不行,不可以的。他们在调……调查。你在听我讲话吗?你聋了吗?"

"我在听。如果他没有死,没人会发现他,没人会碰他。他因虚脱而死。我们在果园里偶然发现了一具陌生男子的尸体，没有名字……"

"我知道，我只是……你不能……还没有……"

女人絮絮叨叨，词语在她的舌尖上搏斗。如果不肯同意，她就会一拳打过去。这需要时间。

冰箱被洗劫一空。我无耻地闻到牛排的味道。我吃了碗里残余的生菜，煮了土豆，炒了鸡蛋。我仔细刮掉土豆皮，它们无能为力地落在我的掌心，我会让一个又一个的土豆赤裸，一个接一个。奥特拉阿姨时常把皮包到废报纸里，在我看到之前扔进垃圾袋。因为前几个月，我一直不肯扔掉它们。这本可以救罗莎尔卡的命，这些皮本来可以挽救罗莎尔卡的性命。看看你自己，你把它们扔进了垃圾桶。我会用棕色的蛇把它们从垃圾箱里挖出来，放进嘴里，用牙齿磨碎它们，碾成一摊混合着泥土和沙子的粥，然后一口咽下。

我指责那些无辜的人。但我和那些人没有什么不同。

我炒鸡蛋。其中一个鸡蛋腐烂了，变成绿色，我扔掉了它。我切了点洋葱放进去。打开手掌，伸开手指，我看到一个女孩脏兮兮的手指甲，她从助产士黛尔巴娃女士那里抢来了一个洋葱。只有她敢这么做。

他们害怕。害怕失去性命。像是大屠杀期间收留一个犹太人那样。

我把低胆固醇的黄油涂到面包上，又撒了些韭菜在上面。长长的墨绿色的韭菜被切得粉碎。我切了很久，很久。

熊　奶

"你想喝点什么吗?"

丹尼斯焦躁难安。他只想堵住窗帘的破洞。在木偶先生的指挥下,他们把旋转木马搬到了恐怖屋的墙角下,继续旋转。

"暴……暴力死亡,就像你说的,确实有点事情……"

"什么事情?别说了,该死的。"

他希望往她的嘴里塞满糙米卷。结束吧。

"冷静点。你用不着担心。你爸爸,伯雷德尼亚克和你舅舅拉迪斯拉夫都去世了。如果有人检举过那些事,那早就曝光了。克莱因也痴呆了。"

女人重新坐回宝座,像在蹦床上那样前后晃荡,仿佛有一根无形的线牵引着她。然后她开始哭泣。

"丹尼斯,丹尼斯……你知道就好了。"

丹尼斯感到一阵厌恶。一个蜕皮的鹦鹉在喋喋不休,试着手气,从密封信里拿出另一封密封信。

他无法忍受这个歇斯底里的老年妇女的忏悔,他感到愤怒和鄙夷。他的同情心和好奇心都已经走到尽头了。

小男孩不再喜欢潮湿的土壤。

一支光箭射进丹尼斯暗空的脑壳里把它点亮。一个泥土的电影。他倒放电影,电影每次都在同一个地方停止。他的眼睛凝固在画面上,图片已穿破了他的思想。

"头骨。不间断，也不变形，但……是的，我是个白痴，头骨和身体分离了。我把它单独挖出来，塞满沙子，在手上转动，只有一个头骨。有人对那个身体做了什么。"

他的笑容逐渐变得僵硬。母亲在游乐场上飞舞，越飞越高。娱乐变成了痛苦。

"丹尼斯，如果你知道就好了。当时就是那样，拉迪斯拉夫，他……我们得快点。"

"你在那儿。"

"等等！不要打断我，我会告诉你。我们挖了一个非常深的洞。那天夜里特别亮，要是有人看到怎么办？我们都很害怕，土地又干又硬，拉迪斯拉夫……我们烧掉了尸体……就在这里，在他们的壁炉里……你无法想象那一阵恶臭，拉迪斯拉夫盖住了它。"

丹尼斯斜眼看了看他母亲缝制的黑色幕布，搭在干净的打过蜡的壁炉上。他们从来没有用过这个壁炉。从来没有。即使他和娜塔莎在圣诞节时苦苦哀求。他嘴角抽搐。和母亲生涩的傻笑没什么分别。不能更多了。

"他做了什么?!"

"用一把斧头劈开他……好叠放进小坑里……肋骨和手脚都被折断了……头……单独放了进去……体面地。"

"当然了。我懂。没什么。"

"我知道很恶心……"

"是很恶心。"

"……但是丹尼斯，我们不得不这么做。"

"当然了。我懂。没什么。"

丹尼斯大声清了清嗓子，厌恶的呕吐物已经抵达了他的喉咙。

"没错。园丁死了，躺在自己的墓穴里。这就是全部。我的母亲和我的父亲在苹果树下砍尸体。而另一个地方，三个男人打断了一个女人的胳膊。当然了。我懂。没什么。"

酒在瓶子里，必须喝掉。

吞下最后一口后，我用口水沾湿手指，刮掉盘子上的屑末，吃得干干净净。刷牙。关窗，拉上窗帘。我拖了那么久，一直不写住院申请。而现在，在我的晚年……我应该删除我的记忆，远离蜂巢。

楼下的街道上驶过叮铃铃的电车，里面空了大半。又响了一声。回到你的故乡，过你自己的生活。第三声。我吞了安眠药。在高高的枕头上迎来迟到的午睡。

我起身，走向窗口。吞下第二片药。

晒黑的游客走在马路上，手里拿着手提箱，里面可能装着化妆品之类的。拖着滑轮箱的男人在她身后。施过粉的脏女人在广场一角挂着拐杖，伸出手，手腕上挂着一袋番茄酱。她僵硬地站在那里，等待着契机。

丹尼斯鄙视自己的母亲，不是因为她之前做过什么，而是因为她扰乱了他如今的生活。他一直看不起他的母亲。他是一个知识分子，早已脱下了高筒胶靴，厌恶他拿叉子清扫粪便的童年。

他不能堵住耳朵。他必须保持头脑清醒。尽管如此闷热。

"要保持冷静。"

他从脚蹬上站起来。站起来，丹尼斯，看看什么时候了。他跨了一大步，膝盖抬起，左边，然后右边。走到破旧的百褶窗帘前。裂缝扩大了，房间显得更加明亮。在暴露的窗台上他把黄色的糙米卷摆在一起，两两相对。七个箭头，十四个糙米卷，十四封沉睡的密封件。

"没错。我懂的。关于这则荒谬故事，我的评论就是这样。"

他的母亲轻轻地擦干眼泪。这一次用的是她的手帕，自己绣的。她被儿子的冷漠和无情所伤害。她以为他是一个可以帮助她的盟友。她缩进宽大的扶手椅里，身体模糊不清，她迅速地开口，保护自己，改变局势。丹尼斯不慌不忙地看着图画。主题是肋骨。

"是我救了吉塔，丹尼斯！一个德国人！我和所有人作对！"

丹尼斯的手伸进奶锅，又拿出一些豆子。

"丹尼斯，我把几份拉迪斯拉夫伪造的文件藏了起来。丹尼斯，我的孩子，你应该是个和解人。我可以再帮吉塔一次，你把这些给她，或许能帮到她，我想要什么呢，一个老女人……丹尼斯！"

丹尼斯退后，饶有兴趣地看着窗台。

"你说得对，丹尼斯。吉塔可以立刻住过来，我们马上搬走……我只要带上毯子、椅子和毛巾就行。她随时都可以住进来！"

丹尼斯在奶锅里摸索了一会儿，找到一颗比较长的豆子。看了看，又放回去。他需要一颗圆一点的，放在胸骨的连接处。

"她不会从布拉格的公寓搬走。她只想为她的父母正名。她想在普克里茨修一个纪念碑。只有这个要求。但我像个白痴一样问遍了我认识的所有公务员和律师，设法毁了她。我是个白痴。"

"丹尼斯，我还有些积蓄。攒了一辈子，本来是要留给孩子的……我会全部给你，丹尼斯，我给你存折和密码，过来点，我小声告诉你。过来，丹尼斯……"

她试图从柔软的沙发中站起来，但她的四肢似乎被恐惧戴上了镣铐。她期望着不一样的反应。一个阴谋。

丹尼斯又一次成功地删除了过去，回到零点。这是上帝的启示，一切都被原谅，昨天被删除了。

女人看着丹尼斯轻声呜咽。

这一次，她应该沉默。

女乞丐走开了。我远离虚弱的街灯。令人发困的红色依然在燃烧。

我在卧室的阴影里打盹，但燥热的空气一直在干扰我。

今晚没法睡了。我想一个人待着，却在背后偷看所有人。我的生活渗进了其他人的生活里。没有他们，我只是个千疮百孔的漏勺。我从他人那里得到生命，他人又紧紧地和别的人连在一起。就这样，每个人的生活都和所有人的生活连在一起。蜘蛛网上人人相连。

这本该是一次简单的回家。

我怎么能确定所有人都知道其他人的一切？从来没有一个编号，也没有一条线画在下面。贪得无厌。把自己分成一半，分成四份，分成碎末……我能应付抑郁症。我对打击非常了解。我知道如何逃脱。我无可救药。

气象中心预报了强降雨。

我吞下另一颗药丸。我的眼睛终于不再抗拒睡眠。

礼 物

客厅一阵喧哗。

女人僵硬地坐着,脊背挺立。她迅速理了理头发,擦干眼睛。意想不到的迅捷。她弯腰捡起地毯上的碟子,抹去斑点。用袖子擦了擦平底锅,把一把零食装了进去,开始机械地进食。盐渍手帕扔给儿子。

"把电视擦一擦。别说话!娜塔莎要回来了。打开电视。对。"

朝圣者聚集在一起,气枪已经装好弹药。她们全副武装地到来。娜塔莎心烦意乱,满脸通红,好像从没见到过这样的集市。

她看到母亲和弟弟目不转睛地看着电视剧。接着像被妖怪催眠一样,转过头来。看着聚集在一起的欢乐的人群,同时也被这些人看着。抢劫者找到了团伙。

她一直在吃黄色的糙米卷。她的手指挖土机一般在锅里掏着,在碗里掏着。丹尼斯起身,坐在窗台上,似乎在窗台上画些什么。娜塔莎没有分心。

"丹尼斯都告诉你了是吗,妈妈?"

女人的视线从屏幕上移开。

"是的。"

"整个村子都沸腾了。这简直是明目张胆的盗窃。大家都很愤怒。实在太过分了。人们什么都不想还回去。黛尔巴娃说,她不会让一个法西斯,一个疯了的法西斯,把她赶出家门。小卡贝赫尔说,这不公平，也不公正。他们曾经是主人，但只关心自己和自己的收入。为他们工作的穷人才是最辛苦的。但是拉迪斯拉夫说，我们什么也不会失去。很明显，她是一个傻瓜，螺丝掉下去，她都没有能力捡起来。"

丹尼斯终于把窗台整理干净。然后从头发、胸口、大腿，小心地把碎末弹走。他匆匆离开。说有事要去医院。

"为什么？你说你会留到下周一的。你会告诉我们下一步该怎么做的。"

"计划有变。我得去工作了。"

"你是整个村子的英雄。我们会为你立一个纪念碑。"

娜塔莎害怕自己在母亲面前透露了过多的消息。她的眼睛在母亲和哥哥之间徘徊。丹尼斯亲吻她的脸来安慰她。

他没有亲吻母亲。

我把刚出生的儿子抱在怀里。曾祖母戴着头巾，飞快地走过院子。她在院子里生了火。她警告过那些鹅会咬人腰上的肉，咬走一层脂肪。妈妈说好要来，但她还没有来，顶替她位置的是一个我不认识的女人，一个金发女孩。我抱着儿子走进浴室，飞快地关上小屋子的木门，插上生锈的插销。公鹅和母鹅摇摇摆摆走到门后面，啄啊啄。它们橙色的身体越来越大，越来越长。它们一直不肯走。曾祖母看不见，她的脸裹在鲜艳的围巾里。她拉着女孩，抓住她小小的身体，伸到鹅的喉咙下。像个锥子。她流着汗，呼吸急促，看着那个纤细的粉红色消失在喙里。我从门缝里看着，一言不发。我无能为力，没有办法。张开的黑色的喙叼着白色的油腻的脖子，跟着挣扎的身体一同起伏。她被埋在鹅的身体里。活埋。

我睁开我乱糟糟的眼睛。

西风猛地吹开窗户。

丹尼斯坐在车上,娜塔莎紧紧抱住他。

"他们说是你帮助议长赶走了那个乞讨的蟑螂。"

她把两盘鸡蛋放在后座上。

"这是老克莱因家送给你的,哦,不,是玛利家,我又弄错了。他们非常,非常感激你。"

她从弹出的暗层里拿出文件和地图,在里面放了几个鼓起的袋子,里面可能是些甜食。闪亮的包装袋上还打了个红色的蝴蝶结。

"到家了再打开,你会大吃一惊的!这签名你在布拉格都没法轻易搞到手。一个标志,一切都会变好的标志。"

在前排凌乱的座椅上,她放下一袋樱桃。

"秋天苹果会大丰收。太棒了!"

在中午劳希曼诺娃让他下车的地方,丹尼斯停下了他的日本车,走到樱花树下。这个傍晚,它们依然高傲地耸立着。他感到不舒服。红色的水果腐烂在绿色的草地里。他想吐。

我是个杀人犯。

他吐痰。一个襁褓里的杀人犯。快六十岁才知道自己的真实身份。

他靠着皱巴巴的树干。呕吐。凉鞋没来得及移开。

一整天他都没有进食,只喝了点苹果汁,吃了点零食。缺乏液体和热空气让他感到衰竭，睡眠不足继续挖空他。昨天他在医院值夜班。

不足为怪。

上车。系好安全带。朝觐的残骸还能做什么？破裂的旋转木马，坏椅子，恶魔入侵，饿鬼失控，腐烂的大篷车。

去布拉格的路上，他用清香的湿纸巾抹了把脸。气流冷却了身体，他有了一个想法。这个想法如种子暗自生长，直至变成一个坚定的信念。

在布拉格昏暗的市中心，他把车停在寓所附近。夏日的灰尘扬起，他路过一个烛光摇曳的花园餐厅。两名侍者手里拿着冒泡的啤酒，递给过往的人群。泡沫落到他的皮肤上，一股酸味。他下定了决心。

在这个温和的夏夜，他下定了决心。

第四次归来

（二〇〇五年夏末）

轮　盘

盘旋在大脑里的嗡嗡声仍未消失。

丹尼斯在老家过的周末。茶水间有几个篮子是为他准备的，里面摆放着夏日的苹果、黑醋栗和草莓酱，自制的李子白兰地酒，还有香肠。老女人们在面粉袋里装了许多鸡蛋，放在厨房灶台上。地窖里堆放着一袋袋土豆和洋葱，冰箱里放着白色布丁，冷冻室里冻着鹿肉。快乐的娜塔莎从远近各处收集着礼物，拥抱着这些赠品。这都是献给她哥哥的。

丹尼斯带着目的回来，他想说服他的表兄拉迪斯拉夫。但议长拒绝了他，拒绝就荒谬的纪念碑召开会议。

捐赠者的队列日渐稀薄。直到有一天，终于消失了。

在娜塔莎的不悦和母亲无言的同意下，丹尼斯成了对立两方的和解者。奇怪的和解者。他挥舞着白旗，劝说一个又一个人，希望在普克里茨的中心立一块纪念碑。只有这样，劳希曼诺娃才会撤销对财产的索赔。为了不让人困乏，他尽可能说得简单明了。

没有人签名。也没有人在意丹尼斯母亲激动但含糊的签名。他们又不蠢。为什么会有人放弃那么多的财产，只为了在尘土飞扬的广场上立一块带铭牌的花岗岩？那么多钱！

整个村庄弥漫着对丹尼斯的厌恶。投奔敌营的叛逃者，贪婪的叛逃者。

他宁可成为叛逃者。

十三号电车

丹尼斯按响门铃。这栋房屋现在属于拉迪斯拉夫选出的年轻代表特谢尼亚克，普克里茨酒厂的所有者。他的身上只围着一条白色毛巾，像是要去参加摔跤比赛。斯多拉什和劳希曼诺娃女士达成了一致。他不是一个本地人，永远也不会是。

他赤着双脚，友好地邀请丹尼斯进门。他们走在细砂上，天鹅绒般的红玫瑰在路边盛开，花香四溢。他跳了一下，发出嘘声。石子刺到了他的脚。他满足地眯起眼睛。

"最好的中式按摩，还不要钱。"

走进住宅的大门前，他问丹尼斯想不想尝试下新式芬兰桑拿浴，或者去意大利式的游泳池里凉快凉快。他的双手放在圆顶别墅的门把手上。

"您看，医生，如果我能做主的话，我非常愿意帮您……但是，我代表着本地的所有居民，他们的立场一点都不含糊。我七岁开始住在这里，我什么都不知道，但有些人对劳希曼先生多少都还有点印象。"

"哪些人？"

"好吧，确实不多。但有那么几个。此外，据说他的女儿惹恼了一些人，她可能有点疯了。请进，坐一会儿吧。小心点，那块石材是新的，它的形状很特别……"

"劳希曼诺娃医生是一个头脑清醒的聪明人，能对自己的行为负责，我向你保证。"

"人们都只知道已经知道的。城堡石，兰萨罗特的意大利式。"

"签个字就可以了。"

"我非常愿意，医生。但您知道这儿……正好，我可以问您一些事吗？我弯腰的时候，背这里会痛，左膝盖也会痛。简直像抽筋一样。您不知道……"

"我需要您的签名。"

"不可能。这里三分之一的居民为我工作，我需要他们。"

"但您在劳希曼先生的土地上建了这么大的一个屋子，还在前面铺了鹅卵石。"

年轻的运动员皱了皱眉，把围在臀部上的毛巾系得更紧一些。

"不是这样的，医生。我会假装没有听到您说了什么。过去已经过去了。我们在这里展望未来，对与自己毫无关系的过去没有任何兴趣。您不能如此指控我。七年前我买下了这块地，然后勤恳地为之付出。请原谅我的失陪，下次来请提前通知我。或者我们可以试试桑拿浴。但请一句废话都不要说了。"

"一个签名就够了。其他人会追随您的。"

"您让我感到非常惊讶。对了，宅子已经很破了，我个人倒是挺感兴趣。我打算重修它。议长对此并不反对。"

丹尼斯看着他跳走的背影，吐了口痰。自私张扬的混蛋。他不想争吵，一点都不想。专科医生总是有用的。特别是当你膝盖疼痛时。

丹尼斯变得呆滞。

眼前是一辆电车——十三号电车前往广场，尽管根本没有电车驶过。连轨道都没有。但他觉得，只有等十三号电车能开往广场时，他的人生才算得上完整。为一个他不认识的男人建造纪念碑的想法占据了丹尼斯的全部注意力。他把全部的精力投入到电车的运营上，其他一切都不重要了。念头深入，紧紧缠绕住他的大脑。

就这样几周后，当办公室的电话响起时，丹尼斯的耳朵并没有感受到那虚弱的声响。他又在思考怎么才能把电车开到目的地去。他再次掉进了狼坑。这一次毫无防备。他需要住进一个羊圈进行休克治疗。

"我会给你做一次检查，没必要为此亲自来一次布拉格。我给你带过去。我周末去普克里茨——不，我不害怕几个邻居写的匿名信——对，我回去。不完全因为妈妈和娜塔莎——待在那里。到了我会告诉你的。烤个蛋糕，喝点咖啡—— 不，我没开玩笑——嗯，就这样。我得挂了。再见。"

他面无表情一动不动地坐了好一会儿。希望在融化。有人打了个响指，丹尼斯回过神来。十三号电车加快了速度，轰鸣着招摇过市。丹尼斯坐在车头，鞭子甩在头上。他重新拿起电话，紧张沉重地开口。

"很抱歉打扰您,我有点急事找您—— 当然,您当然可以,所以我在问您。但这是生死攸关的问题。我没有夸张——拜托了——今晚?今天就可以?谢谢您。"

丹尼斯重新焕发了青春,几十年的岁月从他身上消失。他弯起膝盖,下巴靠在上面,脚踩在桌子上,用力一推,高兴地离开了桌子边沿。滑轮椅撞上一个白色的柜子,丹尼斯的背后猛地一震。深褐色的药瓶和小瓶子乒乓作响,一盒盒药丸像多米诺骨牌一样倒下去。护士跑进房间。她红色的头发别在一个手工制作的发夹里。

"怎么了,医生?"

"下一个病人。"

"好的。"

"不,等等。你先说说你那美丽的双腿哪里有点疼?"

"医生……"

"这里吗?"

"不,高一点,是的,就是那里。这里往上都很疼。但主要是上楼梯的时候。"

"上楼梯?"

"不,下楼梯……"

她躺到塑料覆盖的硬床上,他上前弯下了腰,调整了一下她晒黑的光滑脚踝上的金链子。

我平静下来。一片安眠药就够了。孤独拯救了我。

电车一直在响,它徒劳地警告着我。我不停折叠着昨日。今天晚上会有一个人来敲门。

我不想见我的女儿和孙女安娜。安娜在恋爱，她不想一个让人受不了的亲人破坏她的好心情。芭芭拉偷偷过来。她近乎窒息，那天早上在普克里茨发生的一切掐住了她的脖子。她需要和其他人说说她的焦虑。而这个人只能是我。

我回答了她一些问题。其他的，以后再说。

我听到脚步声。丹尼斯来了。

你需要清醒下

娜塔莎手上拿着一根嗡嗡作响的管子，走在房间和公寓的走廊里，最后走进了黑暗的卧室。角落里有一块屏幕在闪烁。她从围裙口袋翻出手电筒，套在前额上。当波斯地毯重新变得鲜亮时，她取下吸尘器的顶端。胶管缠在身后，头灯照在她圆鼓鼓的肚子上，娜塔莎继续向前。她摸索着，嗡嗡的棍子杵到女人肿胀的脚和两倍大的拖鞋上。吸尘器移到脚下，腿上，最后来到胸前，仔细地绕着颈部。娜塔莎用最小那一挡打理沙发上的头发，一只手举起拍了拍那个窝。女人抬起臀部，娜塔莎把吸尘器放到座位底下。她踢到了脚凳，忍不住咒骂一声。接着加大功率，在脏兮兮的红色帘幕那儿上上下下嗡嗡吸着翻飞的尘埃。窗帘盒子在颤抖，吸尘器却沉默着。娜塔莎飞快地打开窗帘，推开窗户，关掉额头上的灯。墙上的马蒂斯和塞尚立刻焕发出光彩。女人转过身去，闭上眼睛。

"关上。"

"你需要呼吸新鲜的空气，这地方跟狗窝没什么两样。"娜塔莎弯腰，揉了揉小腿。

"我不需要。拉上窗帘！"

"你答应我今晚会做的！你签了名，跟他一样！看看你做了什么！"

"拉上窗帘。给我拿点吃的来。我开灯就可以了。我明天做。"

"说好了。"

"明天。"

丹尼斯一直说，一直说，一直说。心怀目的。像是笼子里的老虎，在自己的笼子里走来走去。他紧张极了，他的拇指和中指靠在一起，仿佛是在打节奏。仿佛是在恳求我。

我背窗而立。又一个炎热的八月夏日过去了，温和的秋季正在悄然来到，新的戏剧季也将到来。我转过头看向暮色，这幅景象维持了很久，粉红色的泡沫上是起泡的奶油和淡蓝色的吸管。我在想怎么可以让丹尼斯离开。然后重新回到办公桌前，看着我蓝色的笔记本，封面上还能看到橙色的光点。

面对他荒唐荒谬的提议，我仍然点了点头。虽然很明显，丹尼斯的个人愿望与普克里茨毫无关系。我可以指责他在测量斯多拉什用来埋住我鼻子的粪堆。但我能给予他安慰。我欠他母亲的，我应该偿还我的债务。

他没有闭嘴，说声再见然后离开。他坐了下来，面前是一杯冷茶。他高兴地搓手，放肆地大笑。我应该给他一块布，让他把自己的手擦红。像他的母亲那样，把毛巾放在腿上，紧紧地抓着，不停地擦拭她干裂发红的手指。

他换了个话题,开始谈论自己的工作。他稍微动了一下,然后一直说,一直说,一直说。我没有听。我看着窗后的红色。他加了第四勺糖,小心翼翼地避免任何与我的隐私有关的话题。他高谈阔论,似乎打算继续在我这里待下去。该死的。

我喜欢安静的肢体。

他不懂我。

皱巴巴的新娘

娜塔莎打开保险箱,拿出密封的礼品袋,把小扁豆倒进去,用擀面棍在里面刮了刮。

女人吃着黄色糙米卷,看着电视里的早间儿童节目。魔女在上空飞过,水珠沿着男孩的燕尾服滴落,蜘蛛人躲避着致命的子弹。娜塔莎的手肘下夹着一个早餐盘,几张裁好的纸,黑色记号笔,几个样品和全新的纸袋。椅子边上摆了一个落地灯。打开。她设法给那个女人戴好头灯。

"开始吧。"

女人抓着手电筒,理了理头发。

"等我看完这个。"

"妈妈,我什么都没有剩下,周一我必须去进新货。那天的销售额比之前一个月的还多。拉迪斯拉夫还等着,说他有需要。没有时间了。"

"那就等本人回来。"

"他几个星期都不在。那种演员很忙的。"

"剧院只在假日上映。"

"谁说剧院了,他在拍电影。"

"丹尼斯来吗?"

娜塔莎一脚踢开前天她留在那里的吸尘器。

"妈的,他还想干什么?他知道我们情况怎样吗?他什么都不知道。他怎么做都可以。但我再也不会见他了。"

"你只知道这些球。"

"听着,妈妈,我要二十个,快点。在汉娜·玛拉和斯多拉什到来之前写完,别让他们看见了。我们得做些果酱。"

酷热的周六下午,两个人从丹尼斯红色的丰田上走出来。司机走得那么快,矮个子明显慢得多。丹尼斯意识到他的同伴落到了后面,于是放慢脚步。他们争论了一会儿,最后丹尼斯做出请求的姿势,解决了争端。另一个人转身回车里,在这个可以保护她的箱子里,深呼吸。

丹尼斯一个人走进白色的房子里。院子里一人高的木栅栏被漆成了深蓝色,地上铺着鹅卵石。他看了眼花圃,娇艳的紫菀点染在绿色草丛中。他听到狗吠声,还有链锯咯吱咯吱的声音。

小拉迪斯拉夫·斯多拉什穿着阿迪达斯的短裤,他刚刚从南法度假回来,小腿明显被晒黑了。他把医生的证明书放在胸前的衬衫口袋里。太阳这么大,他的服装明显不合时宜。

"老兄,这就是我要的东西。谢了。你速度真快。咱们聊会儿吧。喝一杯?"

"我开了车。"

"那又怎样？一点小酒不会有事。女人烤了蛋糕，又去找娜塔莎了。我们聊聊那个女人，劳希曼诺娃，聊聊她的八卦。她肯定也会跟别人说你。"

"我能想象。"

"我告诉她别傻了，发什么愁，她只是在开玩笑。但她根本不听。这个，我得给你什么报酬呢？我欠你挺多的。如果他们让那个女人在水疗中心待上六个星期，且一分钱都不用付。那就太好了——那就喝杯咖啡吧。"

"好的。你可以切那块蛋糕了。我不是一个人来的。"

"不是？"

"不是。"

"唔，老兄，是个女人对吧？！"

"是的。"

"我的天！好家伙！你妈会高兴坏的，你终于带了一个人回来。可算不跟护士们胡闹了。但娜塔莎肯定得吃醋。丹尼斯走了，她多可怜啊……莫非已经怀孕了？有了一个就没法躲过第二个。"斯多拉什愉快地笑着。

"快带过来啊。磨蹭什么？"

小拉迪斯拉夫·斯多拉什非常高兴。

他跑进厨房。不知道该先做什么。一个二十岁的长腿青年将在这里航行，丹尼斯是一个不错的伴侣……虽然有点古怪，但他一定会给自己选最好的。斯多拉什心不在焉。他给蛋糕撒了些糖粉，拿出一块洗碗布，把盘子擦了擦，小心翼翼地把礼品袋里的小扁豆倒进去，以免跑掉一个。他往三个杯子里倒入味道浓郁的香气咖啡①。打开电炉,握住红色的水壶,水流从水龙头里流了进去。

丹尼斯回来了。

斯多拉什透过玻璃门看到第二个身影。他飞快地从短裤口袋里拿出一个梳子,用水打湿,匆忙梳了梳头发。然后才打开门。

他们手挽手站在那里。就像一对白色门框里的陶瓷塑像,欢乐的大男孩和悲伤的小女孩。高大的男孩丹尼斯,松弛的女孩劳希曼诺娃。后者眯着眼睛,肩膀上挎着一个优雅的皮包。像是在拍结婚照。

名字在女人的舌尖上含混不清。娜塔莎紧张极了,越过女人的肩膀看着她的一笔一画。最后一个字母写完时,她亲了亲女人。伊希·欧耶茨基致以您诚挚的爱与问候。

"非常好。"

女人盖上笔帽。捡起遥控,开始调台。

"妈妈,你没听到吗?我们要二十个,最少二十个!"

"我想要等丹尼斯回来。"

"不行!"

"那我就告诉别人你弄虚作假。"

"告诉谁?没人会信你的,你在那份可恶的请愿书上签了名。"

"因为丹尼斯是对的。"

"别说了。"

"我要等丹尼斯。"

---

① 指名为 arona 的咖啡。

"不！他背叛了我们！他是我们的耻辱！"

女人摘掉笔帽，划掉"伊希"那两个字。

"你疯了吗？你在干什么？"

"他是我的儿子。"

女人又划掉了"欧耶茨基"。

"我想和他谈谈。"

"行行行，可以。"

"我等他来。"

"行！现在继续写，快写。"

娜塔莎拉走吸尘器。搬进柜子前，她狠狠地踢了它一脚。

斯多拉什愣住了。

水壶的沸声从厨房传来，军事信号般呼救着希望能从电炉上逃离。什么都不正常了。世界惊慌失措，战争仍在继续，一对可笑的伴侣从世界末日逃了出来。水壶飞向空中，飞到了他的头上，向下翻转，开水浇在他的头上。水壶在尖叫，嘶鸣。可怜的斯多拉什无法相信自己的眼睛。他控制住揉眼睛的冲动。这一次他的身后没有任何人。他孤身一人。主场优势荡然无存。

"什么意思，兄弟？太过分了。你疯了吗？这个女人！"

水壶仍在尖叫。但斯多拉什动弹不得。丹尼斯轻轻放下劳希曼诺娃女士的手臂，走进厨房。海妖陷入了沉默。

小拉迪斯拉夫·斯多拉什没动。吉塔·劳希曼诺娃也没有动。他们不该私底下见面，他们应该在国家机关见面的。小斯多拉什出奇地愤懑。劳希曼诺娃女士的神经被刺入些许甜味，仿若用铲子撒在蛋糕上的巧克力粉。斯多拉什感觉女人在朝着他伸舌头，长长的舌头。

迅速敏捷，像只抓不到的蜥蜴。

娜塔莎穿着旧鞋子走出门，她的脚忍不住抖了抖。火热的熔岩流遍她全身。棚子底下凉快点，也不会刺眼。虽然会有一束束光线穿透身体，但并无大碍。

娜塔莎凑近装小扁豆的麻袋，抚摸它们，拥抱它们。她拿起堆在最上面的两个袋子，一个装着橙色的海绵蛋糕；从另一个袋子里她拿出一个杏仁放进围裙口袋。她转身走向另一堆箱子，移开最上面那个箱子，里面的嫩黄瓜沾了土，必须放在盆里用刷子擦洗。

她拿了三袋嫩黄瓜，拎了拎。她得来回几次，才能把它们全部移过去。我只能靠自己。

她踢开门，她的父亲一直没有修好这扇门。她低着头，余光中感觉到有人看着她。角落里，低矮的破旧货架间，有一把快散架的高脚椅倒在地上。它白色的油漆只裂开了一点点。准备好。微笑。娜塔莎和熊对视。这是她的童年，她小时候常常躲在这里。当她知道她这辈子都不可能有孩子时，她在这里哭过好几个小时。今天她在这里分小扁豆。如果能有一个永远不会背叛我的伙伴就好了。

在燥热的雾霭中，熊眯上它圆鼓鼓的蓝眼睛，眼角的棕色蔓延着。

第二份油煎菜

丹尼斯拿着托盘走回来。把三杯咖啡和糖放在茶几上。他气定神闲，内心充满喜悦，休克治疗起作用了。

在正式发言前，他清了清嗓子。他的声音通过管道传输到听众的耳朵里。

"喝杯咖啡吧。"

"等一等，这不对，我没想到……"

丹尼斯让斯多拉什坐下。斯多拉什愤怒地坐回富丽堂皇的皮革椅子上。

应该坐在柔软的地方，像我的母亲那样。你身下锋利的钉子和多刺的稻草会让你的背更加疼痛。

"喝杯咖啡吧。"

劳希曼诺娃女士摇摇头，仍旧站在门框处。

"我能理解，拉迪斯拉夫，你很惊讶。"

"废话。"

"我只想再和你谈谈，我没有什么坏心思。就是这样。"

斯多拉什冷静下来，他从迟钝中恢复过来。那个瞬间他感觉人生已不由自己掌控，人生偏离轨道。每次那个女人出现，生活都会脱轨。

"你妈会想死的，丹尼斯。"

"不会。"

"天啦，你不能这样。你不能愚弄我们。那么我们还要变成亲人吗？"

一切可能的后果在斯多拉什的脑子里闪现。理发师克莱因给丹尼斯梳洗，给劳希曼诺娃卷头发。神父在教堂里主持他们的婚礼。在斯多拉什和娜塔莎的见证下，他们拥抱着亲吻。欧耶茨基会朗诵一首诗。宴会在市政局里举办，里面供应香肠和李子酒，黄水仙和灯笼装饰着大厅。丹尼斯挽着新娘越过门槛。丹尼斯的母亲走过来祝福他们。女人们扔着米和小扁豆以乞求好运。笑声冲破了他紧闭的双唇，声音越来越大，摇摇晃晃。斯多拉什呛住了。

"我们变成一家人，一个大家庭。丹尼斯，你真是个聪明人，村子里出现过的最聪明的人。我们为什么不这么做呢？一切问题都解决了。不用赔偿，什么都不用。我的就是你的，你的就是我的……真是个好办法。"

他的眼泪笑了出来。

"劳希曼诺娃女士，请坐下来吧。您和丹尼斯竟然给我准备了这样的惊喜。我们是什么就是什么。我们是人。"

汉娜·玛拉和丰腴的斯多拉什卡①站在门外，门边摆着四满筐蘑菇。娜塔莎打开门，手上拿着洗黄瓜的刷子。客人们脱下潮湿的靴子走进厨房。斯多拉什卡亲切地翻了翻蘑菇。

"我们只要了小的和好的。理发师有点神经错乱，但他知道这种天气哪里会长蘑菇。向他致敬。"

"得马上腌了它们。醋有很多，煮沸就可以了。明天就腌黄瓜。"

娜塔莎用打了补丁的毛巾擦干双手。

"喝咖啡吗？"

她把毛巾递给在水槽旁洗手的汉娜·玛拉。

"喝。我们四点就起床了，去林子里找蘑菇。男孩背着他爷爷，

---

① 小拉迪斯拉夫·斯多拉什的妹妹。

那个老人只用尖尖的木棍指来指去。他爸爸把他的喷雾器锁在了仓库里,要不他也不会来。"

"咱们那事有新消息了吗?"

斯多拉什卡狡猾地咳了一下,转移了第一个话题。

"没什么,姑娘们。拉迪斯拉夫去了所有的办公室,和一些人握手。让他们抓住一些,找出一些,然后安排好东西。具体的还没开始。等我去水疗中心后他就有时间了。"

"是啊,他必须一直待在那里。"

汉娜·玛拉打了个哈欠,伸了伸懒腰。

"娜塔莎在想我们准备些什么礼品。小扁豆就算了。比利时巧克力,或者糖果?"

斯多拉什卡眼睛一亮。

"或者香烟。"

"最重要的是包装袋。"

娜塔莎跳起来。

"妈妈!我把她忘得一干二净了。你们继续喝,我马上回来。"

汉娜拿起一个篮子。

"我去把剩下的拿过来,很快。"

斯多拉什卡搓了搓手掌,抓蘑菇的手上留了些灰尘。

"我帮你。"

我震惊于自己的勇敢。但同时我也头晕目眩。

我来这里干什么。为了完成我的人生?完成可以在我死后讲述下去的故事?我跪在起跑器上等待。其他人也加入我。我站起来,抓住他们的起跑器。帮他们穿好运动衣，按摩僵硬的肌肉，放松肌腱，把他们的手拉到起跑线上。他们开始跑，我却永远不会跑。这么多年的等待让我渐渐失去了力气。即使信号枪为我响起，我也无法迈出一步。

其他人对我们毫无兴趣，除非强迫他们。

我不会对这个世界承认我的虚弱。这场旅行让我头晕目眩。我不想和斯多拉什坐在一起。丹尼斯答应过，我一句话都不用说。

"斯多拉什，您误会了。我觉得这是您家族的习惯。"

丹尼斯把杯子放在茶几上，小心地拿着银勺子，仿佛拿着手术刀。一个精致的勺子，我曾经见过的。

"我误会什么？"

斯多拉什转向两手忙着的丹尼斯："你们两个在一块了？"

"看你怎么想了。"

丹尼斯的话沿着管道轰隆隆地传出。

"我和劳希曼诺娃医生是朋友，你可以这么定义。我非常珍视的友谊。不会更多，也不会更少。"

"什么？"

"我想你承认自己的错误，然后告诉别人。我知道，只要你愿意，你可以表现得像一个真男人。一个纪念碑就够了。其他的一切都不会变。"

斯多拉什衡量着眼前的局面。

"不会结婚？"

"结婚？"

"你们两个。"

"不,不。你不用担心。永远不会结婚。绝对不会。"

"什么时候都不可能有什么绝对。"

我把手肘靠在墙上,支撑我起来。

"这件事情您可以肯定,绝对不会。"

汗湿的斯多拉什抓住自己胸口上的衣领。

"那我会为此干上一杯。老兄,我在想,你是不是也失去了理智。我听说,她和所有可能的人上床……"

马逃开

丹尼斯尽可能地避开劳希曼诺娃女士的视线。他希望手上那份医疗书能说服斯多拉什。他也许会因为丹尼斯托付给他的重任感到膨胀。事情也许会走向另一个方向。从人工堤坝走上原始河岸。马背上的指挥官,背着滚滚的箭羽和锋利的剑,带领十三号电车前行。女人坐在电车上,丹尼斯是司机。指挥官用剑切割出一条条轨道。

丹尼斯痴迷了。斯多拉什准备起身,脚踩在马镫上。丹尼斯阻止了他。

"等等。你得为之前荒唐的侮辱向劳希曼诺娃女士道个歉。作为敌对的昨天结束的标志。然后我们就可以删掉过去的矛盾,重新开始谈一谈。我们两个。告诉我你为什么不能就纪念碑召开一次会议。然后我会一一反驳你的理由。"

"你要反驳?"

"我们两个一起。"

"你疯了吗?该说的我全说了。"

"作为议长,你是有权力的人——我求了医生很久很久,她才答应跟我来见你。"

"你为什么要求她?为什么,这一切不都是她想要的吗?!"

马躲开了,飞奔着离开。

"拉迪斯拉夫,你的名字意味着……"

汉娜·玛拉在后院穿上靴子。斯多拉什卡递给她一个柳条筐。

"汉娜,我不知道要怎么开口告诉她。"

"那就不要说。也许她马上就会走。"

"但肯定有人会说的。"

"邮递员是我们的人。她会告诉村里人不要在娜塔莎面前说半个字。"

"好主意。"

"她会离开的,不会再回来。不然这家人要怎么办?"

"汉娜?"

"怎么了?"

"不管怎样,丹尼斯都是亲人。我们再也找不到比他更好的医生。"

"难道我说过不是吗?"

"意味着劳希曼一家经受的所有恶作剧。一个接一个,您把我们从自行车上推了下去。"

我尽量用一种开玩笑的语气对斯多拉什让步。我一个个词地说,像是掰下巧克力。

"恶作剧？您接着就要说我还意味着二战对吗？"

丹尼斯的声音在恳求。

"拉多，道下歉可以吗……快点……简单点就好……不是集体迫害。没有人必须后退。劳希曼诺娃医生无家可归。在发生了那一切之后，她仍旧答应和我一块回来，愿意和你谈一谈……"
"所以我就该感到荣幸，客客气气地和她交谈吗？"
"她鼓足了勇气才回来，为了表达善意……别跟个懦夫一样，拉多。我希望你能说服自己，说服别人，建一个纪念碑。一块石头而已，一个纪念而已。谁又会怎样呢？一切问题都可以得到解决，一切——劳希曼诺娃女士，老天，请您坐下！"

娜塔莎腋下夹着食谱，小心翼翼地走进来。她手里端着托盘，托盘上放着新鲜的苹果汁，一个杯子，三个杏仁，还有一些糙米卷。女人在亮光中低头，张开嘴巴。灯光如此吝啬，只在她的脸上留下了些许诡异的光芒。娜塔莎放下托盘，摸索着放在桌子上。她拿起纸袋。她妈妈刚写的。她准备把纸袋夹进食谱里，压平它。但有什么困扰了她。字数不对。她跳了起来。
吉塔·劳希曼诺娃致以您诚挚的爱与问候。
娜塔莎疯狂地检查所有的袋子。一模一样。吉塔·劳希曼诺娃致以您诚挚的爱与问候。吉塔·劳希曼诺娃致以您诚挚的爱与问候。吉塔·劳希曼诺娃致以您……
她把这一个个巨作砸向早餐盘。用尽全部的力量。一次。两次。

她讨厌看见女人的黄牙和急促的呼吸，她撕掉了全部的礼品袋，塞进口袋里。她更想塞进那个女人的嘴里。她关掉电视。突然消失的画面和声音让女人从沉睡中醒过来。娜塔莎把一团揉皱的废纸在女人的鼻子下挥舞。

"这是什么？"

"怎么了？这是给顾客的礼物。"

"你疯了吗？"

"你说你想要一个签名。"

"我现在不想跟你说话。晚上再说——我会再给你一叠纸，你好好写。"

"你自己写。我想和丹尼斯说话。"

"是我在供你吃，供你穿。"

"我要丹尼斯。"

娜塔莎抓起厚厚的食谱粗暴地夹在腋下，一只手拿着托盘，另一只手拿走女人的拐杖。胳膊肘放在门把手，用后背打开门。

"别想吃了！也别想喝了！直到你写对为止！"

"我要丹尼斯。"

娜塔莎啪的一声关上门。把拐杖踢向厨房。和糙米卷一起。

钱包里的左轮手枪

是的。当然了。他还能叫谁来给眼下的局面一个轻柔的亲吻呢？但他错了。我超额的勇气和慷慨的善意只针对他的精神状况。我想让他平静下来。

带着好奇。

我揽过一缕刘海,痛苦的鼓点在前额下方敲打着。

我们重新回到熟悉的场景。敌人要塞的门前有一棵歪曲庞大的樱桃树,它冷静地猜到了我的归来。不,我没有犯下无谓的错误。我喜欢站在这里。丹尼斯的举动让我筋疲力尽。他那么严肃,像得了强迫症的老人。仿佛有人欺骗了他。

我慵懒地坐在斯多拉什的客厅里,手里拿着皮包。但里面并没有左轮手枪。抱歉。

丹尼斯希望他们认为我们是朋友。但我们完全可以演完这出喜剧,我想挑衅他们,观赏他们。肆无忌惮地故弄玄虚。婚礼游行,礼物是苹果园。打碎一个瓷盘,岁岁平安。我会拿一块蓝色的碎片作纪念。皱纹满面的新娘,第三次成为被祝福的对象。我透过斯多拉什的大镜子看到我的脸嵌在一个黑色的金属框里;娴熟的死亡预告。要打碎照片,把指甲抓向不可战胜的敌人。

三层蛋糕掉向天花板,几十个闪闪发亮的杯子和精液在摇晃。闪烁的家具,龙血树和龙舌兰,漫画人物的玻璃制品;左轮手枪抓在手里。

"我只想让我的父母回来,而非我。仅此而已。"

迟到的谎言,迟到的真相。我应该站在法庭上,而不是站在这里。

斯多拉什彻彻底底地回过神来。

娜塔莎一脚踢开家酿李子酒。她正想同斯多拉什卡含泪抱怨自己忘恩负义的家庭,汉娜跑了进来,身后落下一串蘑菇。她气喘吁吁地靠在桌子上。

"等等我。丹尼斯来了……"

斯多拉什卡一拳捶在桌子上。

"汉娜！我们说好……"

"等等，这不重要了。"

娜塔莎眨眼，是不是听错了？

"丹尼斯？我们的丹尼斯？他的车停在哪里？"

"停在斯多拉什的家门口。"

斯多拉什卡给娜塔莎递了一张纸巾。

"我不想让你心烦，娜塔莎。我本来……可能是因为温泉疗养，他大概想自己一个人去吧。"

"等等，这些都不重要。重要的是他带了人过来。"

汉娜小声说出那个可怕的名字。

"什么？"

她重复两次。

"真的吗？"

"真的。"

斯多拉什卡和汉娜·玛拉低下头，没有看到抽泣的娜塔莎拿出一个木板，把香菇放在上面剁碎。

"他们很可能有情况。"

"谁？"

"那个女的和丹尼斯。"

"真的吗?！你怎么知道？"

"他们手挽着手。邮递员用望远镜看到的。"

"什么?"

"真的!"

"这怎么可能?"

斯多拉什卡咽下话头。她看到娜塔莎擦着眼泪,手里的刀也一并举起。

"冷静点,娜塔莎。这样腌菜做不好的。来点咖啡吧。"

"太尴尬了。我简直没脸出门。把送给丹尼斯的礼物全还回去都不够。即便把最后一颗土豆也还掉。老太太们大概会在面粉袋里找一找哪个是自家母鸡下的蛋。"

斯多拉什卡拍拍她的肩膀。

"不是你的错——拉达又不蠢,娜塔莎,你记住。"

娜塔莎尖叫。努力奔向咖啡杯里小山丘的热流溅到了她的手背上。水雾笼罩了玻璃杯。吮吸的声音。娜塔莎舔着皮肤上的红点。

"加点糖。"

娜塔莎听话地往杯子里加糖,手因害怕而颤抖。咖啡变成了糊状。

娜塔莎不再用杯子,她直接拿起瓶子喝了一大口。汉娜同情地拍拍她的肩膀。

"别担心。我让我儿子过去盯着了,他什么都不会错过的。邮递员把她的望远镜借给了他。"

"谁会觉得这是一场好戏呢?因为劳希曼一家人的缘故,没人会出现。呵,我们必须着眼将来。同过去分道扬镳,画一条粗粗的线,你懂的,一条粗线。一条非常,非常,非常粗的线。"

疯狂的斯多拉什挥舞着双手，用一支看不见的笔画了一条看不见的线。

我不像丹尼斯那么愤怒。我让它逐步分解，从瓶口流出来。即便斯多拉什确实——按照丹尼斯的期望——已从上一次会面的愤怒中冷静下来，重新考虑我提议的好处，他也不会和其他人对着干。他们会把他开除。就像开除丹尼斯那样。

我永远不会原谅他。

我永远也不会原谅你，议长。你还不知道，这可能会是你人生最糟糕的事。你不会希望得不到别人的原谅；像我这样不原谅你。我永远不会原谅你。原谅凶手。原谅那些举起手有意撒谎的人。原谅那些举起手中的刀，高兴地捅向他人后背的人。我也不会原谅那些唱着歌跳着舞躲开不看那双手的人。

一旦原谅，就会和他们同流合污。

激烈的辩论。举剑挥鞭，刀刀致命。红脸的斯多拉什，白脸的丹尼斯。议长挥舞着诊断书。

"那么这是什么？贿赂？还是想喂我一根骨头？你他妈在干什么？"

他站到会议桌上，把诊断书撕得粉碎。一部分碎屑掉进杯子，沉没在咖啡色的液体里。一些保持着纯白。大部分则飘到了红色的地毯上。

羊肠小道

我走出镜头,把扭曲的表情留在身后。

我走向公交车站。慢条斯理,体面尊严。走过村庄中心。那里死寂而沉闷。热空气让人昏昏欲睡。但我并没有幻想:有人看到我们来了。窗帘颤动着,像蜘蛛网逮到了一个苍蝇。

我一直都知道。当我还是一个小女孩时,就隔着学校的老式窗户看雪纷纷落下。我感到无比的悲伤和焦虑。午休时间我往窗外看,身后是争吵,喋喋不休,和大吼大叫。我被阻隔在外。远远地。从那时起我就知道了。

离开这里。

战争结束后,每次回普克里茨我都筋疲力尽。但我屡教不改,一直想要回去,想把过去的时间串联起来,而不是只活在此刻。在我的意识中我从未离开过这里。我的身体在世界游荡,灵魂却陷落在此处。这是他们的报应。

蜘蛛网紧密编织而成。没有起点,也没有终点。从地平线的一端到另一端。越过房屋,教堂,苹果园。我躺在网上,不做任何挣扎。声音提示着毛茸茸的蜘蛛在靠近,我却充耳不闻。

但一个决心在我体内生根发芽了,从在政府办公室的最后那次会议起。我会起诉。我一定要在这里火化,不,在这里埋葬。他们无法阻止我。

我走向车站。

空气闪过耳语的电流。起初声音并不大，像从核桃树冠飘落的孤零零的枯叶。秋的跫音。

一阵耳语。我知道的名字连接着更多我不认识的蜘蛛。它们成群结队地连在一起：告密的盖世太保，斯多拉什家的大大小小，克莱因家的老老少少，醉酒的青年，吸毒的青年，半透明的老年妇女和老年男人，法兰绒衬衫们，年轻家庭推着婴儿车，士兵，警察。人们从被占领的别墅开始反攻，跻身在我周围。巨大的圆形的饥渴的人群，靠近我的那几行围坐在地上。

就算是我独自一人对抗全世界，陷进蛛网里动弹不得，但是只要我活着，我就不会放弃。只要我活着，我仍会期盼。或者等到安迪回来，我们一起撕裂蜘蛛网。悄无声息地。我们不必对彼此解释什么。他知道我们童年的一切。一切我们人生的开始。

对我而言也是结束。

丹尼斯在蓝色的木栅栏间抬起头，像是孩子们互相抛掷的球。他摇晃着，呼喊着。我的女儿也会这样乱跳，呼叫。

"妈妈，妈妈！"

我在另一个房间暴躁地回答她。

"马上就来，等我做完手头的事。"

什么，什么曾是我应该完成的。什么又是我现在应该完成的。我们总是不断开始，却鲜少结束。

我走近公交站。从那里我将离开我出生的窝。腐烂的草窝。

我不敢相信自己的眼睛。他们在和我说再见！

所以他们确实记挂着我。我着迷地调查这个问候。恍恍惚惚地继续打招呼。我家人的纪念碑。再见，吉塔·劳希曼诺娃。所有友好的居民们向你致敬。公交站的金属支架喷上了暖洋洋黏糊糊还没干透的黄色油漆，上面显示着巴士到达和出发的信息。

亲爱的罗莎尔卡，为什么你不能赤裸地站在大雾中一动不动？你已经站了很久。我知道，这个建议毫无用处。卡车里挤满了人。引擎突然轰鸣，空气也跟着颤抖。数千名女人站在死亡边缘，喉咙里发出一声哀号，只有死亡能抓得住。接着是不可避免的恐慌。卡车开始移动。一个女人从卡车上跳下，又一个……又一个。党卫军跳下来，拿着棍棒和鞭子，抽打那些跳下来的女人。亲爱的罗莎尔卡，你为什么要动呢？为什么要跟着前面的女人呢？为什么不能赤身裸体地站着直到重生的那一天？

我把包换到左手，右手食指摸着第一个字母。金色太阳的余晖落在我的指腹。夏末的告别。

绣着"犹太"的黄色星星。

一辆车在泊车处突然停下。丹尼斯跳了下来，面容苦涩而苍白，还带着点浅蓝的色调。薄薄的一层膜包裹着头骨。静脉相连，动脉搏动。

"您为什么要走，医生？您都没有帮我。"

他保持僵直的站姿。我的食指牵引他看向支柱。

他用不同的语调重复着"老天"。如果不是感受到空气中有那么多喉咙，我一定会笑出声。他们潜伏着看我如何应对。

我们陷进了阳光灿烂繁星闪烁的迷宫。

"一次欢快的郊游,对吧。"

"请上车吧。"

"夏天要结束了。"

"走吧。"

丹尼斯嘴唇发白,清了清嗓子。挪动的瓷娃娃张开手指。它坐在前排,像个蜡像馆里的雕塑。脸颊的肌肉在抽搐,牙齿痛苦地咬在一起。

"我只想离开这里。"

我们路过扭曲的树干,熟透的红色水果挂在枝头。这不正常。八月末了,果实依然挂在树上。这不正常。

"我不该一直抓着过去不放手。"

他看着我们吞下的沥青。我无法猜测他的想法,但我可以猜测他所看到的。一只干净的老鸟用食指翻看着自己的遗物。

我解开安全带靠着窗。我摸了摸车窗玻璃上淡黄色的斑点。很容易被当成鸟粪。

丹尼斯再次清了清嗓子。击打着错误的音符。

"什么事都有两面,这样不好,那样也许就好了。我们应该这样看待问题。您得到了别人得不到的东西。"

"真的吗?那是什么?"

"您更高尚。"

"我宁肯不要!现在就不要!我是个流浪者。"

我们两个像是广播室里早就预录好的声音。谁的身体都无法回头。

"您是他们良心上的黑点。我和他们的唯一区别是我……承认真相。我愿意指认,甚至去惩罚那些……那些暴徒。"

"暴徒?"

"或者窃贼。"

"不要用那么过分的词,丹尼斯。我不想处死任何人。我只是想把掩埋在我父母身上的粪便清理干净。"

"但您不能自己一个人拿着干草叉,我会帮您。您需要几个优秀的律师。"

"我有非常优秀的律师。您也帮了我很多,但结果呢?不必了,我必须自己来。一个人不伤害旁人就很好了。沉默就行。"

"我……"

"别说了!您知不知道我的友善要花费我多少的精力和自我否定?日复一日的友善?永无止境的测试,一辈子的试验,去看是否能像正常人一样生活?活在人群里?您必须参加游戏。没有别的选项可以选择。否则他们就会抓住您,把您赶走。因为您很友善。友善会被当作您的弱点。我学会了日日都活在他人的卑鄙之下。就像每天早上冲凉水澡的人,慢慢让身体变得坚硬。"

丹尼斯踩下油门。

我们朝着布拉格飞奔。

像上次与那个律师一起那样,我们的行程创下了记录。我像个人质。

我被绑在车的前面。皱纹满面的脸擦洗着道路,滑过冷漠的沥青。在夏日的庆典上。在丰收的农田间。直到面目模糊。直到露出骨头。我的大脑滚了出去。我抓住它。它像面团一样被我揉成球。

然后用手指把它们揉进香肠。

第五次归来

（二〇〇五年夏末）

破裂的盾牌

丹尼斯始终没能坐上他梦寐以求的十三号电车穿过那片熟悉的土地。这让他精疲力尽，身心干涸。他渴望拯救他旧日美好的生活。渴望平静地探望他沉重帘幕后的母亲。等等等等。

劳希曼诺娃夫人邀请丹尼斯去她家做客。她的家，她说得毫无悔意。因为她故乡的家永远不会是她的了。即便他们把墙还回来。碎痕割裂了过去与现在，隔开了吉塔·劳希曼诺娃与他们。她脑中的裂痕让她再也不是以前那个女孩子。裂痕一直向下，穿过身体，无法修补。墓穴挖了一次又一次，每次嗅到她身体的气味，墓地就会被盖上，一个新的洞开始挖掘。

丹尼斯帮助瓷娃娃从车里走出来，英勇地挽着她。坚硬的盾牌在融化。

她不打算洗右手。她想好好看看那一抹黄色。

近距离地。

我知道无能为力是怎样。身体被带刺的铁丝网束缚着，囚禁在热火滔滔的炉子里。

我想不通为什么丹尼斯一直要自我折磨。明明沮丧的应该是我。他尽力完成纪念碑的承诺那么真诚。我很久没有被人这样关心过了。自从奥特拉阿姨死后就再也没有过了。当我想要擦去父亲名字上的侮辱时，他拿来了肥皂和热水。

我卸下冷漠，听任他的靠近。一个秘密武器库打开了。

丹尼斯坐着，打开我深刻书写的蓝色笔记本。官方声明在簌簌作响；我曾为它付出了许多愚蠢的努力，直到最后我的父母终于被平反。

一九四五年七月，根据贝奈斯签署的第十二条法令，予以没收捷克民族的叛徒和敌人的财产……我的父亲被剥夺了全部的财产：房屋，庄园，两百七十公顷的土地，厂房，酒厂。但劳希曼的生活方式证明了他自认为是一名德国人。他支持德国人，与德国社会紧密联系。丹尼斯看得飞快，找寻法令文件上面的名字。它的背后一定有具体的名字。时代没有罪，有罪的是人们。指控基于三个人的证词。主要证人是拉迪内克。劳希曼一家互相之间说德语，存款都存在德国。

决定性的一句话。

拉迪内克得到了工厂，让他妹妹住进了宅子。另外两名证人也得到了土地。剩下的财产分给了普克里茨七十五位居民。

丹尼斯用一只强有力的手臂翻着纸页。

我看到男孩瘦弱的手臂，不到十岁的小男孩。一个小矮人。隐藏在宽松的手织毛衣下。他走在苹果园中。慢慢地靠近。犹疑的男孩。

金发。早已入夏,他瘦弱的胸膛仍然裹在脏兮兮的黄色毛衣里。针脚也已松弛。

奥特拉阿姨像护士那样甜甜地对着他笑。她要做一次诊断。

"嗨,小朋友。你在这里住吗?"

"是。"

"你们的树屋真不错。"

"是。"

"你自己做的吗?"

"不是。"

"和朋友一起?"

"不是。"

"和爸爸一起?"

"是。"

"你叫什么名字?"

"丹尼斯。"

"这是一个特别的名字。"

"是。"

"你爸爸在家吗?"

"不在。"

"那你妈妈呢?"

"在。还有妹妹。"

"我们能不能进去坐坐?我们想和你妈妈说几句话。一些过去的事。我们是她的老朋友。"

男孩犹豫了下,还是打开了门。带领我们三个夏日国王走了进去，满心骄傲。他一直回头看我们。我走得很慢，我的手轻轻抚摸着苹果树的树叶。破旧的亭子还剩下几块腐烂的木板。我们走过摆放着大石头的庭院，走到了雕花门的前面。上面还有母亲建议的装饰品。铁匠年轻的助手拉迪内克精心锻造了它。

我走到最前面。僵硬的手指想要拥抱波浪形的黑色手柄。拥抱母亲缠绕的蛇身装饰。男孩追上我，像蛇一样溜过来，飞快地关上门。我退后一步。

"我去叫她。"

女人从门后探出头。抬起手，把滑落的一缕头发拨到耳后。要保持整齐美观，那些自行其是的头发必须被带回，夹起来，驯服它们。或者被除掉。她用红白色的格子毛巾擦着双手，擦了那么久，即便早已干透。

"您好。"

"您好。请问您找谁？"

屋里有一个深色头发的小姑娘跑过来，高声叫着妈妈。她抓起母亲的裙角，另一只手捂住了脸。

我再也忍不住。我从丈夫的背后走出来，走向那个女人，我停不下来。她惊愕地看着我。我抓起她的手腕。那块毛巾挂在她的手上。

"我怀孕了。"

她躲开我的钳制，紧张地用双手握住毛巾，困惑地看着我们。

"我怀孕了。像您当时那样，您还记得我吗？"

女人完全愣住。

"您救了我！"

她用右手捂住自己的嘴，掩饰自己的惊恐。

"我的天!"

她一边后退一边说。

"我不认识您。不认识。我从来没有见过您。"

"我是吉塔,吉塔·劳希曼诺娃。我只想从棚子里拿点东西——"

"我不知道您在说什么。请离开。请您离开。不然我会叫警察的。"

她揽着小女孩的肩转身走进屋里。她关上身后那扇带有装饰的门。门再次打开,她找着丹尼斯。丹尼斯好奇地看着我们,女人抓住他松垮的袖子,把他拉过去。找不到手,扯得毛衣的针脚更大了。之前是毛衣,现在像个网。男孩指甲后的伤痛隐藏在下面。尖锐粗糙的伤。他们消失不见。

奥特拉阿姨非常生气,她捶着橡木门。

"您什么意思?我们又没有把您怎么样?"

阿姨捶啊,捶啊。两个拳头击打出鼓点的节奏,僵硬的手指仿佛变成了两根擀面杖,敲打着木制面团,仿佛想透过两只眼睛用长长的木棍砸向她青肿的皮肤。好像之后会发出嘘声。而我只是看着里面。

木门抗拒着。

我把拳头放进嘴里,忍住尖叫的冲动。我在浪费生命。在脚下的土地流走前,我必须控制住每天的事情。我脚下已经有几颗石头滑落,滚进了深渊。我不希望跟随它们滚落进去。朦胧的幻梦在脚底摇曳,飞速地转动,然后变成漩涡。它像磁铁一样吸引着我。我的脚已经感受到了冰凉的水滴。我必须快点走,在它彻底吞噬我之前。

我走进厨房,用开水泡了焦糖味的茶包。饼干堆成金字塔。两个黄色杯垫,上面印着小熊。它让我想起童年;家里没有第二件黄色的餐具。我很少有黄色的东西。

有人说,一个人直到二十岁,他仍然是对时间毫无察觉。但当我二十岁时,我对时间知道得一清二楚。因此我失去了那么多。

太阳底下从来没有新鲜事。

我把产自法国的大红苹果切成八片。

我们出生时,父亲为每一个人分别种下了一棵苹果树。最好的品种,一般都是小皇后。果实属于我们。每年,父亲都会给我们在自己的树边拍照,记录下孩子和树的成长。他希望这个传统能延续一辈子。每年我们都在同一时间相逢于这里。然后说一声,茄子。

我剧烈地咳嗽。思绪在拉扯,慌乱的双手失去力气,苹果掉到了地上。我咳嗽着,仿佛几十份文件的碎末堵在食道里。嘴里满是官方文件的纸屑。我走向洗手间,靠着水槽寻求支撑。奥特拉阿姨每次和人争辩后,也会这样咳嗽。丹尼斯敲门。

"您还好吗?"

不,我不好。

"没事。"

"需要帮忙吗?"

现在就需要。

"不用,谢谢。"

丹尼斯看不到浴室里面,但他听见了水流声。和抽泣。

半个小时后，劳希曼诺娃女士走了出来。眼睛擦干了，衣服也换了。丹尼斯走进洗手间，闻到了刺鼻的香料味道。她拿走了货架上的抗皱霜，在那里摆放了一个古旧的木制碗，碗里装着盐。浴缸刚刚被洗过，闪闪发亮。丹尼斯低头探寻。

红色的丝线流过浴缸底部，流进了排水管。气味。百分之百血的气味。

柳条编织的洗衣篮里放着她的裙子，他用两只手指拿起并展开它。右腿处染上了锈迹和盐渍。丹尼斯关上浴室的门，走到劳希曼诺娃女士身边。她在疯狂地写着，手指快速地挥舞。没事，她说。垃圾桶里刚刚放入了一团皱巴巴的纸球。蓝莓一般的圆点躺在上面。她抬起头。

"喝杯茶吧。"

酸苹果

丹尼斯并没有对古老的家具表示真诚的欣赏，没有走到窗户前看剧院和那块中欧巴洛克的宝石，也没有继续聊天气。他一刻也不放松。他知道我们将会谈论的唯一一个话题。但他是个男人。拜托了，不要悔恨，不要同情。

他夸张地盯着苹果。强壮的双手在它们支离破碎的身体上巡回，像秃鹫一样飞舞在——饼干堆成的小丘上。他崩溃地坐到地毯上，喝着茶。

"医生，我是最后一个愿意保卫普克里茨居民的人，这点没人比您更清楚。他们只是……有些时候表现得非常无知，历史迷惑了他们。他们不管语境。他们无法正确地区分个体……谁曾住在哪里,谁又做过什么。"

"真的吗?您别讲故事。"

"对不起,我像个白痴一样。"

"您当然不是。"

我把饼干的边境推向他。他从下面抽出两块椭圆形的饼干,建筑随之倒塌。

"纳粹处心积虑做的事情更可怕。"

"当然。"

"普克里茨的德裔少数民族是很大一群人。不是只有一两个极端分子,而是几十个。"

"当然。"

"您有没有想过捷克裔的少数民族在战后如何生活?我想过,我最近很感兴趣。德国人被希特勒洗脑了,不想和他们住在一起。许多捷克人被驱逐,没有得到任何补偿。许多人被犹太移民组成的党卫军抢走了房屋和庄园——"

我关掉声音,研究那张绷紧的脸。他在干什么?我必须在襁褓里掐死这场教育讲座。这些内容我可以随便打开一张报纸查阅到。任何一张。

"当然,当然。我知道你想说什么。所有的德意志人组成了希特勒的第五纵队①。我知道。他们蠢极了。我知道。我知道有一些普克里茨的德裔热切地欢迎纳粹。我知道他们是多么想证明自己的土地同样值得纳入帝国的疆土。"

这些我都知道,但那又怎么样。我不打算坐下,听他咀嚼下一块啤酒垫。

"一九四五年,捷克人再次掉进了同样的陷阱。他们本该清醒点的,丹尼斯。六年足以给他们一个警告。要阻止其他的恶行。最重要的是,丹尼斯,请您一定记住:我不是作为一个德意志人在要求补偿,我是作为一个人在寻求公正。作为一个公民,一桩罪行的受害者,寻求着公正。我希望他们能承认,有人犯了罪——您为什么要这样看着我?"

丹尼斯不理解。天哪,他根本就不理解。他只是在红色的饼干轮子上翻找碎屑。他比对着螺丝和螺母,但哪里都对不上。

"不不不,这是一个政治问题。不是个人问题。一个人什么都做不了。捷克人向当时的苏联兄弟学习,在某些方面非常激进,是的,但因此……"

"我对政治背景不感兴趣。"

"这就是问题,医生。这就是那个问题。许多人都是无辜的,他们处在连他们自己都无法应对的困境中。我们不能苛责一切……尖锐地苛责所有人——一场新的战争威胁着他们,比如说。"

---

① 希特勒向捷克斯洛伐克苏台德地区呼吁独立的德意志人提供经费组建的党派,后成为党卫军的一部分。

"老天,够了,丹尼斯。我简直像在听广播。重要的是,谁做了什么。每个人都可以想说什么就说什么,或者随意地写什么。"

他抬起眉毛,像是生气了,但他没有开口。

"丹尼斯,人要对自己的行为负责。即便他不知道该如何解释。"

是的,我很专横。但我把他当作是相近的灵魂。因此,我们试着去了解彼此。

"说的总是人。但普克里茨磨坊里的面粉也一样无辜,我希望他们能承认。"

仓鼠一口一口啃食着饼干,一个车轮跟着一个车轮。尽管嘴里塞满了,但它仍然没有闭嘴。

"你改变不了人们。原谅他们,亲近他们中的一些人……很多人努力过……比如我的母亲……"

"谁把自己变成骨头,谁就会被狗吃掉。我现在只剩下回忆。"

"这不是真的。"

"是真的。我像虱子一样黏住它们。尽管那么悲伤。每当我抬头看向天花板,过往的画面就在我的脑海里一一闪现。幸福的时刻让人那么难以忍受,它们再也不会回来了。破晓之前我一直看着天花板。因为,丹尼斯,那是它们的时间。天花板上的光线从扫帚变成耙子最后变成扑克牌。炫目耀眼。当我第一次拿起笔,放走了瓶子里的精灵,它们的一滴眼泪就污染了那片纯白。"

希特勒金钱

小口啜茶,甘甜的液体在杯中轻轻摇荡,还有焦糖的香味。窗外天色已暗，雷声在远处轰鸣。头阵雨敲打着玻璃。切好的苹果片摆在盘子上，我推给丹尼斯；他推了回来。我又推给他，自己拿了一片。他停止咀嚼，皱着眉看多汁的月牙消失在我嘴里，被机械地磨碎。

他拿起另一块饼干；雕像重生。丹尼斯咯吱咯吱地嚼。雨水仍旧冲撞着窗户，雨点布满了整片玻璃。

"您打算怎么处理？"

"普克里茨的人们？"

"您的笔记本。"

丹尼斯的牙齿碾碎了最后一块饼干。

"您打算出版吗？"

他舔湿手指，把黄盘子上的屑末刮干净。我听见他吮吸手指时的唾液声。

"谁会出版这样的东西？就算出版了，又有谁会读？那些不是回忆，是树根和瓦砾，锋利又混乱；我用筛子筛过我的一生。我无视了那些白色的面粉，却熟稔地透过放大镜研究煤尘。一丁点污垢和一卡车面粉。"

"您应该出版它。"

"我全部的生命都捆绑在上面，丹尼斯。"

"和某个出版商达成协议并不是什么难题，您甚至可以自己出版。"

"可我哪来的钱呢？"

"这里。"

丹尼斯用沾满碎屑的手指敲打那个坚硬的黄色外壳。鲁道夫·劳希曼纪念碑。

"建造纪念碑的事交给我,我会处理好一切。但暂时,真的是暂时——我保证——纪念碑的提议可能无法通过。但一本关于您父亲的书也许能达到原先的目的。"

"我本来想向'捷克德意志未来基金会'申请一笔经费给父亲修建纪念碑,他们给了我一些钱作为被关进集中营数年的补偿。"

"他们肯定会批准的。"

"我的人生简直是一个疯狂的循环,丹尼斯。那些钱是希特勒的钱。"

点了很久的烟

血色夕阳失去了所有的热量;冰封的海仍未解冻。我们谈到深夜,秋末的夜已被寒冷征服。我把丹尼斯送出门,走到人行道上。

"真是艰难的一天。"

"是啊。"

整个热气腾腾的夏天,布拉格都在淫荡地拉客,倒在某个怀中,敞开她的深领口,好让人看清楚她能提供什么。成群结队的游客游荡在她的身上,她热切地炫耀着自己。夜晚,她提起短裙,褪下裤袜,露出光滑的臀部。

但此刻的布拉格平易近人。

好像一名女服务员结束了辛苦的轮班,待酒吧里的游客军团散去后,终于可以在平静的夜晚跑到一个废弃的后院,背靠着冰冷的墙,深呼吸,安静地抽着点燃很久了的烟。焦虑会在第一群星星和盘旋的烟雾中消失。

夏天结束了,在丹尼斯来访期间,它让天短暂地变黑,沐浴在雨中。月亮在半透明的薄纱后升起。是满月。满月完整了我。最后几点雨敲打着栏杆。我爬上楼梯。不坐电梯。是的,我会继续写。它是我的救生衣。

我将从中吸取力量。我会怀抱每一个人,尽力理解他们的生活。而不是一心区别。像背着一筐蘑菇,蘑菇在里面挤来挤去,傲气凌人,尖声大叫,争辩着谁才是最重要的,谁才是最美味的,谁有权拥有更大的空间。在甜美的无视中,完全不知道自己几分钟后就将在油锅内被炒熟。在甜美的无视中,完全看不到自己身上已背负着死亡,死亡已经开始倒数。按秒计时。

有时候我觉得他把我忘了。在人类宣告上帝已死前,上帝宣告了人类的死亡。在我和其他人一起大声地惊呼上帝已死前,他微不可闻地说,你死了。他转身离开了我。

约翰,我的第二任丈夫,他从不去想上帝是否还活着。约翰好奇的是将来上帝是否还会出现,以及他是否清楚善与恶的区别。约翰说,如此简陋的划分毫无意义。

他把蛋糕放在小尖勺子上一口一口塞进嘴里。他回收巧克力,面包和果酱,还有易碎的饼干。像斯莫利切克①一样,等待着和他生活在一起的金角鹿冲向他的那一刻。

---

① 捷克童话人物。斯莫利切克和金角鹿一起生活在森林里,金角鹿告诉小男孩不要随便开门,但他仍然两次把狼外婆放了进来。每次他大声叫喊,金角鹿都会来救他。

一大块肉

劳希曼诺娃女士感到了幸福的力量，她恢复了精力；夏日一次洗澡洗掉了所有的疲劳。她精神振作地书写。写给丹尼斯。她写人生，写周围所有的人。她不再随性地对待自己的回忆，好让自己不会掉入过去的黑色地窖。

没有蜡烛。

作为奖励，她去听音乐会，去看戏剧，作为丹尼斯的客人。甚至和他一起去看了电影。有一次她看着某个惊悚片，忽然大笑起来。一个戴白帽子的演员从尸体里捡出四发子弹，放在手上称了称，然后把其中一颗递给侦探。就是这发子弹打死了我。

她一直喋喋不休地说话。丹尼斯则一直保持沉默。劳希曼诺娃女士填补了所有的空缺和盲点，以防丹尼斯走进去。她感到有一场战争即将在她和丹尼斯之间爆发。丹尼斯想告诉她一些事情，她一直努力延缓尴尬的到来。她确定他想表达自己的内心感受，而她必须拒绝，并且解释，他们不能再并肩同行了。

劳希曼诺娃女士写啊写。没有过去，现在和未来；只有组成整体的部分，空空的词语。一切在其中从头开始。连在一起，汇成一道时间之流，奔向所有的方向。她把整个来来回回的时间之流放在体内。但只注意一个方向。

她修饰，打磨，记录着她的内心世界。她把腐烂的肉体缝进身体里，把她人生血淋淋的肉块扔给秃鹫，供它们啄食。

我从鲁道夫音乐厅回来。穿着浅蓝色的新衣服，上面带有深蓝色的百褶袖。正逢小阳春，蜘蛛在风中飞舞。

丹尼斯请我去听了一场马勒音乐会。这是第一次，他用干裂的嘴唇与我吻别。如果他的母亲知道会怎样？或者斯多拉什。或者我的女儿。

有时我们会坐在一块喝焦糖味的茶，看他带过来的 X 光图；我们争论复杂的情况。我很高兴。我喜欢他的存在。我们依然用着尊称。但天空中有什么在闪闪发光，我似乎吸引了他。迟暮之年的激情？我脸上纵横密布的蜘蛛网让他激动？

"我从来没有见过谁像您一样每时每刻都悉心打扮。我总觉得，您好像随时准备好去剧院。至少是剧院。"

我融化了。无比风骚地。

"这不是什么卖弄风骚，原因很简单。在我这个年龄，死亡随时会赶上你，在任何地方。我希望能保持尊严，让朋友们看到我美丽体面的外壳。"

我们都笑了。

"我也不想安迪因我而羞愧。我又开始找他，心里重燃了希望。不只经由国际组织来联系。通过世界上的某个电脑网络一定能找到些什么。他不可能掉进了土里。"

丹尼斯开始自言自语。他紧张时就会这样，回避我的眼睛，嘴里念叨着令人费解的独白。他用手势和语音提醒我庄严的时刻已经来到，盛大的咏叹调开场了。但语气并不坚决，内容也听不清。看上去，他的伤似乎绵延至嘴里；搅坏了他的好心情。

心脏的裂缝

我泡在热水里。蓝色的浴盐溶化了，泡沫浮在水面上。我小心翼翼地沉下去。乳白色的泡沫在我的上方合拢，摇摇晃晃的直至消失不见。我动了动膝盖，从上面看也许像一条什么奇怪的鱼，脑袋扎进潮湿的白色后就对外部世界关上了门。

身体滑到地上做准备，皮肤放松，最好能离开骨头。胸部、腹部和大腿被分割成了单独的部分。落向地面。在那里土崩瓦解。一旦年轻的乳头翻转向上，两座山岛——两座休眠的火山就会立即爆发。在平坦坚硬的肚子上。一旦我睁开疲惫的眼睛，坐起来甩了甩头，水洒在白色的瓷砖上。我蓝色大理石的身体走进蔓延的水坑里，我继续甩着头。我整个身体都倚着浴缸。有人在看我。

水槽上方的镜子一片模糊。我独自一人在这里。从来都是这样。

我匆匆换上睡衣，仍然觉得冷，又披上一件浴袍。晚点再刷牙。我看向街道，观众们看完戏剧正要离开，他们相互交谈着。我一直看着，直到他们消失不见，直到欧耶茨基从里面蹒跚而出，走向伏尔塔瓦河。他总是最后一个走。我们挥挥手；我伏案写作前的固定仪式。我将开始书写最后一部分的第一个句子。所有故事的开始。

有人粗暴地刺中我左侧肩胛骨的下方。无耻地转动了匕首。

我一直都知道，我很快会死。来日无多。我以为我做好了准备。但死亡降临的那一瞬间，我被虚弱占据，我感觉自己变得僵硬，苦痛抓住了我。我忽然感到怀疑而惊奇：也许真的要结束了。模糊的图片掠过我的眼前。上帝，魔鬼，死神，司命，并排坐在河岸上，手里拿着钓鱼竿。他们静静地坐着，耐心极了。尽管这么多年他们早已厌倦。他们用巨大的钩子拉起自己的猎物。人类。扔给粗心的手下之前，他们还比较着各自猎物的数量。

死神的鱼竿钩住了我的胸口。他站起来，捆住我，让我无法逃脱。他早就熟稔于此。但我还没有准备好，远远没有。我不想死，我想尖叫，想继续挣扎。上帝啊，等等，我还不想死。我还没有刷牙，打扮得不够妥当，我还有话要说……

蓝色笔记本的最后一页上，墨水像马尾一样洇开。人类的一部分坚持到了最后一刻。牙齿和指甲。

要保持完好，不崩溃，也不尖叫。

第六次归来

（二〇〇五年秋）

欢乐颂

吉塔·劳希曼诺娃女士死在一页页纸上。

死在关于出生和童年的最后一章上，死在未完成的笔记上，为此她恳求更多的时间：还不行。她一生都想用死亡来解脱，最后却哭喊着：还不行。以这句话结束了她的人生。

她的头落在一行行字间，近距离地研究它们，走进它们。她想走进自己的记忆，想融于其中：这些词语是我的身体。

劳希曼诺娃医生没有被火化。也没有埋葬在普克里茨的山坡上，而是在苹果园附近废弃凋敝的犹太墓地的边缘。

她的女儿和丹尼斯在布拉格主持了葬礼。丹尼斯惊讶于来宾的数量，有那么多人认识她。但她从来没有提到过。

汽车包围了墓地。丹尼斯的母亲是普克里茨唯一的代表。她挂着拐杖站在一旁，从手提包里拿出黄色的糙米卷塞进嘴里。最后是一个陌生人——吉塔·劳希曼诺娃曾经的老板——给她叫了辆出租车，送她去公交站。一群人在欧耶茨基的带领下，准备前往附近一家名叫欢乐颂的餐厅。在那里他们将聆听那个人的故事，那颗消逝的闪耀的明星，在验尸桌上的尸体边发光，开自己的玩笑，也开其他人的玩笑。

丹尼斯没有挽着自己的母亲，即便她经过他，飞快地在他的口袋里塞了一样东西。一个鼓起的纸袋。他必须戴上眼镜才能破解铭文和签名。

但他无法认出那是什么。

芭芭拉歇斯底里，她想看棺材里穿着蓝色新礼服的外婆。她歇斯底里，因为她忘了把额头靠向那个静默的嘴唇。安娜坚决地摇摇头，带着她的姐姐和哭泣的母亲走到路旁，丹尼斯扶着她们坐进了他红色的车里；他们等着劳希曼诺娃的女婿，他在付清私人葬礼的款项。

丹尼斯把亲人们送到欢乐颂。夕阳西下，他站在镀金的入口和一个秃顶的妇科医生随意地聊天。这个人从学生时代起就柏拉图式地爱着吉塔，为她接生了两个孩子。

"她的身体做到了一切。但我们从来不知道她的心里到底在想什么。"

芭芭拉摇头，她要继续上诉。她看向垂到地上的淡蓝色的礼服。国土局决定返回一部分财产。但必须给予土地拥有者一定的赔偿。

普克里茨不肯屈服。申诉在法院耽搁了二十个月没有进展。事情中断了。

在区法院登记处，热心的金发女郎一边和芭芭拉解释，一边吃着比利时巧克力，纸袋放在大腿上。

"我们申请了许多文件,这些都会集中到一个地方,那份也是——想看看吗?"

被拔毛的鸡

芭芭拉和房产商一起绕着破旧的房屋走。一句密码在她的唇齿之间,将来也会印在名片和信纸上:要正义,就正义到底。她冷漠地发动了一场法律战争。她希望把普克里茨的居民变得像被拔毛的鸡一样,拼命抖动剩下的毛。要正义,就正义到底。歇斯底里地啄着周围。

没有一方会完胜的战争。要正义,就正义到底。

丹尼斯试图和她理论;他看到天鹅绒窗帘后的阴影。

"劳希曼诺娃医生在意的不是财产。"

"是吗?那你说是什么。"

"她要的是另一种……正义。她不是一个充满决心的女人。在她成年后,在她最后那段日子里,她把所有的过去抛在脑后。她只是想为你的祖父正名。打断枷锁。"

"那她最终得到什么了吗?得到了有尊严的权利吗?我会让祖父回来的。"

"纪念碑,芭芭拉,纪念碑才是关键。她对财产不感兴趣。"

"但我想要财产!"

芭芭拉穿过村里的广场,去杂货店买明信片。尖顶朝上的教堂,挤在一起的红色屋顶,细长的庄园,还有其他建筑。疲惫的售货员把不安分的黑头发扎在红色的橡皮筋里，嘴里说着不合逻辑的话，展示她夸张的热情。

"可可呢，您要可可吗？"

她递给芭芭拉一个纸袋，戴白帽子的荷兰女孩在上面微笑。

"免费的，小姐，我很荣幸。"

芭芭拉走出油地毡，门铃响起，她把商店关在身后。娜塔莎透过窗户盯着她。她不能给哥哥打电话，寻求他的帮助。她没有哥哥，她埋葬了她的哥哥。她茫然地在货架上摸索，手指碰到一袋装满小扁豆的纸袋。她机械地撕开，把袋口翻转向下。在诡异的笑声中，一阵冰雹落下，她疯狂地扫落了商店里面的货物。纸袋里的小扁豆一颗都不会剩下。

娜塔莎睁大眼睛，挥舞的手臂落在芭芭拉的身上。

小拉迪斯拉夫·斯多拉什躲在窗帘后面偷看。他和他的妻子站在一起，怀里抱着两个年幼的孩子，扑腾他身上剩下的毛。新鲜的仇恨写在他的脸上。他转身，把蹒跚学步的孩子放在地毯上，拿起茶几上的信封。嘶——新的法院传票被撕成了碎片。一场新雪落下，孩子们顽皮地伸出双手。

"他们是在克隆女巫吗？到底还有几个要——出现？！"

分类小扁豆

"她打算出版她的回忆录，小姑娘。"

芭芭拉没有听见丹尼斯最后一个词。

劳希曼诺娃夫人的女儿假装不在意地把她母亲所有的笔记本借给了他，包括最后那几本。

"最后那段日子，她和你待在一起的时间比和我们的要多得多。还有，我的名字是罗莎莉娅，尽管我妈妈很少这么称呼我。她用不同的方式称呼我，就是不叫我的名字。"

"但她只叫我的教名。"

丹尼斯读着草草书写的文字。他惊讶地发现，劳希曼诺娃女士曾决定说出一切。她蒙着眼睛向后走，勇敢地摘下眼罩，很快就要抵达那里的边界了，她决心跨过它，把自己赤裸地扔在铁丝网后的人群前。

来不及了。

当她兴奋地左顾右盼，当路上满是灰尘；她的头往下坠落。于是她叫出声：还不行。

"路上满是灰尘。刺眼的阳光让我们睁不开眼睛。小小的我紧紧地靠在父亲的腰间，坐在我身后的罗莎尔卡一头乱发；最后坐着安迪。父亲戴着一顶浴帽一样的皮帽子，帽子贴着他的头，如同第二层皮肤，几根带子滑稽地飘过耳朵。眼睛被护目镜包围，潜藏在玻璃片后。他微笑着。我们大喊大叫，吓唬在田里劳动的人们，朝他们挥手，他们也朝着我们呼喊。摩托车的引擎轰鸣着，父亲打算掉头回家，但我们依然尖叫，大声喊道：继续，爸爸，继续。继续。拜托了。

我紧紧地靠在父亲的腰间。我拥抱着一棵强大的树。当他放慢速度，我摘下手套，空气从汗湿的指间漏过去，吹干了僵硬的皮手套。我碰到了一个光滑的障碍物。绳子上的小风车。一朵小花，只要对着它吹一口气，它的四个锐角就会旋转。是的，这是……脑海里的相片。我知道在哪里能找到它。当体操运动员的腿跨过烟熏的平衡木，跳到坚实的地面上，你会听到一些轻率的言论。

"这个，小姑娘，这是'卐'字符号。它会保佑我们一生平安。"

保佑我们一生平安。谁会保佑？乳白色礼服上的污迹让我分心。谁保佑我们？父亲仍不知道……我的父亲说德语……是个犹太人……谁来保佑。四叶草的一个尖角。一张扭曲的脸。那张脸躲避着铁匠铺后面的打铁人，磕磕绊绊地走进了花园。荨麻高耸的花园里野草丛生，鞭子抽向空中，像波浪一样跳着旋转，节奏掌握在父亲的手中，男孩的脸皱成一团……拉迪斯拉夫·斯多拉什的脸。温柔的害羞的男孩的脸。他一次又一次亲吻着罗莎尔卡，在草棚，在森林池塘边的芦苇中……他湿润的嘴唇温柔的渴望的触碰……安迪砰地关上门，逃出屋子……

不，不，不。再来一次。从头开始。不要这个。这一次是父亲的眼睛；他的目光会为我之所见给出确定的解释。断头台下轻盈的舞者。我尚不知道一切，马赛克还等着填充。我会撕掉我写下来的全部，我不会再写我的故事，我要写他人的故事。他们把故事放在我的背上，我越来越重，不能自主；我继承着他人行为的一部分遗产。撕掉，重新开始。撕掉，写他人的生活。像筛扁豆一样过滤它们，扔进沸水中，拥抱一筐蘑菇，撕碎，然后……

还不行，还不行，我还不想走，上帝啊，还不行……

尾　声

　　丹尼斯的母亲死于中风。她的脸在电视机前直直摔进了装满蛋黄糙米卷的白瓷盘，也许是为了最后再看一眼盘底蓝色的装饰。

　　糙米卷飞向空中，有些黏在了她们的头发上——娜塔莎和邮递员、汉娜·玛拉、斯多拉什卡和黛尔巴娃女士围坐在一起，桌上摆着土耳其咖啡、苹果汁和核桃饼干。她们聊了几分钟的电视节目，其他时间则完全专注于自己的话题。

　　"那样一位年轻傲慢的小姐。"

　　"必须有人出来阻止这些贪婪的守财奴了。"

　　"那样一位小姐，可惜的是她现在没怀孕，要不然也不会天天动来动去了。"

　　"斯多拉什会打赌她到底能不能平反。"

　　"那样的小姐啊。"

　　"像只尖酸刻薄的蚱蜢。"

　　"就不能消停几天？谁还对八百年前的事感兴趣？"

　　"就是个瘦巴巴的小姐。"

　　她们喋喋不休，直到她们意识到女人头发上的黄色并非鬈发夹，她前倾的身躯也不是一个近视眼在挑选美食。

　　四声尖叫击碎了大宅院的窗户。

　　在人生的尽头，丹尼斯将无比悔恨。他不会放弃，尽管只有他一个人试着去寻找吉塔·劳希曼诺娃一生未知的细节。人们连自己的眼睛也无法相信,更何况他人所见;人们连自己的嘴巴也无法相信,更何况他人所说。所以……

所以丹尼斯将咽下他知道的一切。

命运也不会施予他足够的时间去告诉旁人,它是他最沉重的负担,不仅夺走了他的睡眠,也夺走了他晚年的欢乐。他不知道能向谁倾诉,也不知该从何说起。他总在思考,为什么我们不能找到生命中最重要的事。不是为了结束故事,而是因为可以描述的词语已经用尽。是的,没错,词语犯着数不清的罪。

没有什么能阻止它。

二〇〇三年六月至二〇〇五年九月
于布拉格/拉索希

"蓝色东欧"译丛(部分书目)

第一辑

- 《石头城纪事》(小说)
  【阿尔巴尼亚】伊斯梅尔·卡达莱 著　李玉民 译

- 《错宴》(小说)
  【阿尔巴尼亚】伊斯梅尔·卡达莱 著　余中先 译

- 《谁带回了杜伦迪娜》(小说)
  【阿尔巴尼亚】伊斯梅尔·卡达莱 著　邹琰 译

- 《石头世界》(小说)
  【波兰】塔杜施·博罗夫斯基 著　杨德友 译

- 《权力之图的绘制者》(小说)
  【罗马尼亚】加布里埃尔·基富 著　林亭、周关超 译

- 《罗马尼亚当代抒情诗选》(诗歌)
  【罗马尼亚】卢齐安·布拉加等 著　高兴 译

第二辑

- 《我的疯狂世纪（第一部）》（传记）
  【捷克】伊凡·克里玛 著　刘宏 译

- 《我的疯狂世纪（第二部）》（传记）
  【捷克】伊凡·克里玛 著　袁观 译

- 《我的金饭碗》（小说）
  【捷克】伊凡·克里玛 著　刘星灿 译

- 《一日情人》（小说）
  【捷克】伊凡·克里玛 著　高兴、杜常婧 译

- 《终极亲密》（小说）
  【捷克】伊凡·克里玛 著　徐伟珠 译

- 《等待黑暗，等待光明》（小说）
  【捷克】伊凡·克里玛 著　杜常婧 译

- 《没有圣人，没有天使》（小说）
  【捷克】伊凡·克里玛 著　朱力安 译

- 《花园里的野蛮人》（散文）
  【波兰】兹比格涅夫·赫贝特 著　张振辉 译

- 《带马嚼子的静物画》（散文）
  【波兰】兹比格涅夫·赫贝特 著　易丽君 译

- 《海上迷宫》（散文）
  【波兰】兹比格涅夫·赫贝特 著　赵刚 译

- 《父辈书》（小说）
  【匈牙利】瓦莫什·米克罗什 著　许健 译

第三辑

- 《乌尔罗地》（散文）
  【波兰】切斯瓦夫·米沃什 著　　韩新忠、闫文驰 译

- 《路边狗》（散文）
  【波兰】切斯瓦夫·米沃什 著　　赵玮婷 译

- 《第二空间——米沃什诗选》（诗歌）
  【波兰】切斯瓦夫·米沃什 著　　周伟驰 译

- 《无止境——扎加耶夫斯基诗选》（诗歌）
  【波兰】亚当·扎加耶夫斯基 著　　李以亮 译

- 《捍卫热情》（散文）
  【波兰】亚当·扎加耶夫斯基 著　　李以亮 译

- 《索拉里斯星》（小说）
  【波兰】斯塔尼斯瓦夫·莱姆 著　　赵刚 译

- 《遗忘的梦境——查特·盖佐短篇小说精选》（小说）
  【匈牙利】查特·盖佐 著　　舒荪乐 译

- 《流星——卡雷尔·恰佩克哲理小说三部曲》（小说）
  【捷克】卡雷尔·恰佩克 著　　舒荪乐、蒋文惠、程淑娟 译

- 《神殿的基石——布拉加箴言录》（箴言）
  【罗马尼亚】卢齐安·布拉加 著　　陆象淦 译

- 《十亿个流浪汉，或者虚无——托马斯·萨拉蒙诗选》（诗歌）
  【斯洛文尼亚】托马斯·萨拉蒙 著　　高兴 译

第四辑

- **《耻辱龛》**（小说）
  【阿尔巴尼亚】伊斯梅尔·卡达莱 著　　吴天楚 译

- **《三孔桥》**（小说）
  【阿尔巴尼亚】伊斯梅尔·卡达莱 著　　施雪莹 译

- **《接班人》**（小说）
  【阿尔巴尼亚】伊斯梅尔·卡达莱 著　　李玉民 译

- **《绝对恐惧：致杜卞卡》**（小说）
  【捷克】博胡米尔·赫拉巴尔 著　　李晖 译

- **《严密监视的列车》**（小说）
  【捷克】博胡米尔·赫拉巴尔 著　　徐伟珠 译

- **《雪绒花的庆典》**（小说）
  【捷克】博胡米尔·赫拉巴尔 著　　徐伟珠 译

- **《温柔的野蛮人》**（小说）
  【捷克】博胡米尔·赫拉巴尔 著　　彭小航 译

- **《无常的夏天》**（小说）
  【捷克】弗拉迪斯拉夫·万楚拉 著　　张陟 译

- **《赫贝特诗集（上、下）》**（诗歌）
  【波兰】兹比格涅夫·赫贝特 著　　赵刚 译

- **《垃圾日》**（小说）
  【匈牙利】马利亚什·贝拉 著　　余泽民 译

第 五 辑

- 《壁画》（小说）
  【匈牙利】萨博·玛格达 著　　舒荪乐 译

- 《鹿》（小说）
  【匈牙利】萨博·玛格达 著　　余泽民 译

- 《两座城市：论流亡、历史和想象力》（散文）
  【波兰】亚当·扎加耶夫斯基 著　　李以亮 译

- 《另一种美》（散文）
  【波兰】亚当·扎加耶夫斯基 著　　李以亮 译

- 《思想的黄昏》（随笔）
  【罗马尼亚】埃米尔·齐奥朗 著　　陆象淦 译

- 《着魔的指南》（随笔）
  【罗马尼亚】埃米尔·齐奥朗 著　　陆象淦 译

- 《乌村幻影》（小说）
  【罗马尼亚】欧金·乌力卡罗 著　　陆象淦 译

- 《裸浴场上的交响音乐会——罗马尼亚20世纪小说精选》（小说）
  【罗马尼亚】诺曼·马内阿等 著　　高兴等 译

- 《我行走在你身体的荒漠——立陶宛新生代诗选》（诗歌）
  【立陶宛】阿纳斯·艾利索思卡斯等 著　　叶丽贤 译

- 《魔鬼作坊》（小说）
  【捷克】雅辛·托波尔 著　　李晖 译

第六辑

- **《简短，但完整的故事》**（小说）
  【波兰】斯瓦沃米尔·姆罗热克 著　　茅银辉、方晨 译

- **《三个较长的故事》**（小说）
  【波兰】斯瓦沃米尔·姆罗热克 著　　茅银辉、林歆、张慧玲 译

- **《挑衅以及其他故事》**（小说）
  【阿尔巴尼亚】伊斯梅尔·卡达莱 著　　李焰明 译

- **《娃娃》**（小说）
  【阿尔巴尼亚】伊斯梅尔·卡达莱 著　　张雯琴、宋学智 译

- **《天堂超市》**（小说）
  【匈牙利】马利亚什·贝拉 著　　余泽民 译

- **《秘密生活》**（小说）
  【匈牙利】马利亚什·贝拉 著　　余泽民 译

- **《蓝色阁楼寻梦》**（小说）
  【罗马尼亚】阿德里亚娜·毕特尔 著　　陆象淦 译

- **《两天的世界》**（小说）
  【罗马尼亚】乔治·伯勒伊泽 著　　董希骁、Mara Arion 译

- **《生活边缘的女孩》**（小说）
  【罗马尼亚】米尔恰·格尔特雷斯库 著
  张志鹏、林慧芬、陈进、李昕、高兴 译

- **《希特勒金钱》**（小说）
  【捷克】拉德卡·德内玛尔科娃 著　　姜蔚茜 译

·部分书名为暂定，以出版时为准·